一个人就足够

one
person

is

Enough

陈谌

著

北京联合出版公司
Beijing United Publishing Co.,Ltd

所谓成熟，
就是一个人在人群中被迫成长。

序言

    这是一本很特别的书，与其说是我出版的第一本非小说类的文集，不如说是我的一本"青春纪念册"。

    我知道我的读者们一定都读过我写的小说，但不一定读过我的杂文与随笔。事实上，在我这么多年的写作生涯中，小说只是我文字创作里很小的一部分，对于生活、往事乃至这个世界的观察与思考，也是我特别热衷于去表达并与他人分享的部分。

    这是一本内容题材相当丰富多样，语言风格多变，甚至给人感觉有些"杂"的文集，里面不仅记录了我从大学毕业至今将近十年的生活变迁，更多的是我个人思想与阅历的变迁，你们能很明显地感觉到里面的文风和内容的多变性。

    毕竟这几年来发生了太多太多的事，我也经历了一些变故与风波。这些文字不仅浓缩了整个过程，同时也烙下了成长的印记。我忽然想要出一本这样的书，一方面是想整理与反思自己这些年来的文字创作，另一方面也是为了能让我的读者们从不一样的视角去了解一个更加真实而丰满的我。

在几十篇文章里，有我读书时发生的趣事，有我对情感生活的价值观，有日常感受的朴素记录，也有对一些严肃问题的思考和评论。它们可能是曾发表在杂志与 APP 上的，出现在我个人的社交媒体与公众号上的，也可能是仅存在于我个人私密空间或是草稿箱里的。

总之，希望你们会喜欢这些文字，也希望你们能从中获得些许共鸣与感触，甚至同样回忆起自己再也回不来的青春岁月。我并不是一个遥不可及的作者，当你读到这些日积月累、用欢笑与眼泪以及无数个不眠夜堆积起来的文字时，我们在某种意义上就变成了最亲密的朋友，愿我们共同成长，去成为未来那个更好的自己。

目录

每当我站在阳台上望着四周林立的高楼时，

也曾想过这个城市、

这个世界所包含的所有矛盾与虚幻。

这里有像我一样等待着有一套属于自己的房子、有一个家的人，

也有因一时冲动、兴奋甚至愤怒，

随手将几十万上百万砸入游戏中的人。

我们共同存在于这个城市里，

彼此交错却又彼此陌生，

勾勒出了一幅盘根错节却又色彩斑斓的浮世绘。

辑一

尚在青春里，荒唐没关系

读书时的日子总是过得很慢，时间精细得仿佛可以被切割成块，每一小时、每一天、每一周、每一学期都如同被量化的任务线，过日子就像捧着米缸数米粒，不知何时才是尽头。

愿你变成自己期待的样子

情绪是写作者的财富，也是写作者的大敌，多年来我一直在跟自己的情绪做斗争。当我占据上风时，我能创作出很好的作品；当我处于下风时，我便立即被它反噬，被严重的抑郁所困扰，此时情绪就如同一个掌握危险魔法的巫师一般。

人终归会被自己擅长的东西所累。

我从小就是一个敏感而又多愁善感的人，这样的人注定在感情上不会很顺利，因为爱恨都很强烈，也无法做到理智与洒脱，因而在一段感情结束后也要花相当长的一段时间来跟自己和解。

我很少会把过错归咎到别人身上，更多的时候我是在自己身上寻找原因，这放大了我天生就很强烈的不安全感与自我厌恶感。当一个人太善于自我否定的时候，也会相应地对他人降低期待。我始终觉得别人不会喜欢我，如果有人表达对我的喜欢，我会下意识地逃避，觉得这不是真实的。

当三十岁快要到来时，我忽然开始审视这一路走来遇到的许多事。我发现，自己以前犯了不少错误，也辜负了不少人，因此在未来的很长一段时间里难免要为这些过错埋单，也开始渐渐寻找一种与自己和解的方式。

我曾经在微博上说过，甘于寂寞是一件很难的事情，很多人的自闭只是一种自我逃避。每天醒来以后，从朋友圈和微博上总能看到很多熟识的人的近况，这总会让我感到不安，并不是因为别人过得好让我不安，而是他人的生活无时无刻不在提醒着我，我依然没有获得自己想要的生活状态。

事实上，我发现不少人与我有着同样的困局，一方面恐惧社交，另一方面却又极度渴望被需要与被理解。当一个人的内心并没有达到足够强大与丰富时，独处时他便会感到无法排解的空虚。其实孤独并没有那么可怕，也没有多可耻。我时常想，也许当我获得目标感与价值感之后，独处其实是修炼与完善自我内心的一个很好的过程。

于是我减少了去窥视别人生活的时间，转而去做一些让自己感到踏实的事情，去消解那些和能力并不匹配的欲望。我会一个人坐在床上弹很长时间的吉他，或者坐在电脑前写很久无聊的文字。我很想有一天可以自信地告诉所有人，我终于变成了自己所期待的样子，我终于可以喜欢自己了。

很多年以来，我一直在追寻着许多东西，这些东西是否有价值，我从来都没有去想过。当我进入一种非常孤独而糟糕的境地后，我开始意识到，我所追寻的东西并未给我带来太多价值感，如果留不住自己爱的

辑
一

人和事，所有的所谓自由和潇洒不过是一种假象罢了。

　　这个世界上，创作是唯一一件让我感到有存在价值的事情。作为一个悲观的虚无主义者，创作让我找到了存在的意义。而在我的所有创作中，我始终想要获得的，只不过是片刻宁静而已，这让我感到无可比拟的安慰。如果我的人生有什么终极目标的话，或许就是在最后的最后，能拥有内心深处的永恒的宁静吧。

我想跟你再说句话，在告别之前

一

"外公刚才走了。"

一月底的那天凌晨，我在蒙眬中接到了我妈打来的电话，她的声音很平静，像是在通知一件普普通通的家事一般。我听罢说了一句："嗯，我知道了。"随后问清了我需要到家的时间，便挂掉了电话。

深吸了一口气，拉开窗帘看了一眼窗外，北京五点钟的天空依旧是一片漆黑。在黑暗中，我开始感到胸口空荡荡的，分不清这究竟是梦境还是现实。

我给远在纽约的表弟发了一条信息，通知了他这个消息。他过了好一会儿才回我，告诉我他下周三会飞回福州。

我表弟小我两岁，是我姨的孩子。我俩从小一起长大，我们在一起相处的大多数时间都是在外婆家度过的，一起吃饭、睡觉、玩游戏，跟

辑
一

着外公外婆去过很多地方，拥有许多美好的童年回忆。

只不过十二年前，还在上初中的他举家移民到了美国。从那时起，我们好多年才能见一次面，也拥有了各自截然不同的生活。

回想我上一次见他似乎还是在两年前，未曾想这次的重逢竟是为了这个原因。

其实早在一个月前我就知道外公得了肺炎，对今年已经八十三岁的他来说这是一场挺严重的大病，随后引发了各种并发症还住进了ICU。好不容易好转出院，在家休养了几天却再次恶化，身体各项机能都逐渐衰竭了。

几天前我妈告诉我，外公的状况可能不太乐观，但我没想到居然会走得如此突然，甚至都没有撑到过年。

还记得上一次见外公是去年六月份在广州，已经这把年纪的他依然喜欢跟着外婆四处旅行，分别时我还说着过年回去再去看他之类的话。

只是没想到，原来在阳光下他的背影，竟是关于他最后的记忆。

二

夜晚的航班漫长而压抑，在黑暗的机舱里，我看着窗外的一片虚无，陷入了长久的回忆之中。

外公退休前是一名工程师，在研究所里做机械制图的工作，那个年代没有电脑，制图全靠手工完成。我妈告诉我，外公是个非常认真严谨的人，画的图规整又好看，她小时候时常也会帮着外公做这些工作。

其实很长时间以来，我一直不太了解外公究竟是做什么的，因为从我记事以后，他就已经退休了。我记忆里的外公只是一个喜欢待在家里看报、看电视，摆弄摆弄电子产品的老人。

他真的是个很标准的理工男，家里的书柜上有很多旧书，大多是些我看不懂的机械专业书。他平时不爱社交，没见他有什么朋友，多数时间都沉默寡言，但聊到自己感兴趣的东西又滔滔不绝。

外公对新鲜的科技产品十分感兴趣，小时候家人给我买了小霸王学习机，他居然会抱着书仔细研究里面的编程功能。我初中那会儿，他又买了一台并不便宜的电脑，每天坐在那儿摆弄，再后来兴起的智能手机他也没落下，就连家里的 Wi-Fi 都是他亲手设置的。

小时候的我并不关心这一切，在我的眼里，他只是我的外公，以一个祖辈的身份出现在我的生活里。当我渐渐长大懂事，能够和他有更多的交流时，他已经在不知不觉中慢慢变老了，开始有些反应迟钝，听不清别人说话。

因此在某种意义上，我们并不是活在同一维度中的人，时间的残酷注定我们的人生交集是很有限的。除了他是我外公以外，我们的生活注定难以相通与同步。

让我很感动的是，在我出书之后，他很认真地读完了我的所有文章。我想，假如我们是同龄人，或许会成为很好的朋友吧，只可惜"君生我未生，我生君已老"。

飞机刚落地，我便感到一股深入骨髓的寒意，此刻的福州正下着蒙蒙细雨，已经习惯了在暖气中的我，忽然有些不适应南方的湿冷。

坐上我爸的车后，我有些沉默，听我妈在后座絮叨着，我有一搭没一搭地应着，脑海里有些恍惚地走着神。

我不知为何有些恐慌，相比起悲伤，我内心里更多的是不知所措。二十八年来，这是我第一次参加亲人的丧事。我的童年里没有死亡，死亡在我的眼里始终是一件遥远的事情，我几乎都没有想过自己的亲人有一天会离开。

然而每个人都是被迫成长的，只不过我的成长似乎有些姗姗来迟。

三

第二天中午，我到了外婆家，原本熟悉的地方被布置得有些陌生。

以往每次来这里，几乎都是逢年过节的时候，气氛总是其乐融融，然而这一次，外公没有坐在客厅的椅子上笑呵呵的，而是变成了供桌上那张有些严肃的遗像。

由于灵堂设在客厅里，原本的桌椅都挪了地方，挂着黑纱的墙边摆着供桌，上面除了遗像还摆着烛台和不少供品。我刚进门的时候，一个陌生的中年人正坐在那儿写挽联，外婆也在忙前忙后，看上去精神状态还算不错。

我感到几分压抑，深吸了一口气，跟大家寒暄了几句后，不知该说些什么，也不知能帮上什么忙，于是便在本子上帮着记录随礼金的亲友名字与具体数额。

我妈说，外公现在还停在医院里，问我下午要不要去看一看。我想了想，说等我表弟到了以后和他一起去吧。

大概下午三四点，我姨和我表弟才风尘仆仆地下了飞机赶到外婆家，进门后我起身拍了拍他的肩膀，一时有些相顾无言。十多个小时的长途飞行让他看起来有些疲惫，但他并没有休息，而是和我聊起了一些近况。

表弟告诉我，其实他几个月前回过一次国，时间很仓促，只有几天时间，但他莫名地很想回来看一眼外公外婆，于是从上海特意回了趟福州，因此也算是见了外公最后一面了。

我说，这或许就是冥冥注定的吧，上天也不想让你留下什么遗憾。

我妈说，外公从医院回来后，就开始吃不下东西了。那天晚上他是在睡梦中走的，走之前的几天，外婆已经帮他刮过胡子擦洗过身体，比起在 ICU 里插满管子仪器承受的巨大痛苦，这种方式算是很体面了，没有什么痛苦。

我默默地想，能够走得有尊严对外公来说也算是一种解脱吧。许多人终其一生，也许能活得体面，却难以走得安详没有苦痛。如果能在睡梦中逝去，也算是一种幸运吧。

聊了一会儿，我和表弟便出门前往医院。雨天的马路潮湿而拥挤，短短的一段路车开了好久都没有到，于是我俩下车撑着伞走了过去。

在昏暗的地下二层车库旁的太平间里，我和表弟在那里看到了躺在冰棺里的外公。他穿着寿衣静静地躺在那里，瘦弱干瘪得完全不像是他，更像是一个空洞的人偶。我没有落泪也没有说话，只是觉得有些怅然，简单地三鞠躬后，我们对他说了一句明天再来接他后，便离开了。

走出医院，外面的雨依然在淅淅沥沥地下个不停。不知沉默了多久，表弟才对我说，他似乎也还没有接受这样一个事实，他并没有多少难过，也许是因为无法把刚才看到的那个外公和我们记忆里的那个外公联系起来。

我对他说，也许在人去世以后，他的肉体只是一个躯壳罢了，没有灵魂的肉体和活着时候的他，在本质上已然没有任何联系了。

因此在我眼里，葬礼从来都不是给去世的人办的，而是为亲友们办的。对他本人而言，在心脏停止跳动的那一刻起，就已经彻底和这个世界告别了，这个仪式不过是让活着的人从面对到完全接受这个现实的过程。

晚上回到家，我俩一起睡在楼上的房间，就像儿时每次在外婆家一样。表弟跟我说，他最怀念的就是小时候和我一起的睡前时光，我们会对彼此说很多在学校里的见闻以及对未来的期待，觉得自己似乎永远都不会长大一样，只是不知不觉，二十年就这样过去了。

我有些惨淡地说了句："是啊，大家都长大了，如果你半夜听到打呼的声音，不要感到害怕，那不是外公，而是我。"

四

第二天一早，出殡的时间到了，这场雨依旧没有停下来的意思。

出殡的一切流程会有殡仪馆的人来指导我们该怎么做：披麻戴孝、烧香磕头、放上大喇叭、请专人在楼下唱歌、放鞭炮，把整个小区的邻居都吵醒了……这一切和记忆中别人家的丧事并无多少差别。

因为我和表弟并不是外公的长子长孙，因此我俩的仪式相对比较简单，多数流程都由我舅舅，以及小我十岁的今年准备高考的另一个表弟来完成。

表弟说起西方人的葬礼，一家人在教堂坐在一起，每个人上去说说逝者生前的故事，然后下葬，没有多少喧闹，至少不会用高音喇叭放这些不太适合的歌。

到了出发的时间，我有幸在楼下看到了唱歌的那位女士。穿得像是出席高端酒会晚宴的她显得一脸轻松，在她眼里，这只是又完成了一单生意而已。

沿着一路的鞭炮声，亲友们出小区陆续坐上汽车或是大巴前往医院，等家人把外公抬上灵车后，所有人便一路往火葬场出发。路上车子恰好路过外公曾经的研究所与旧家，也是我和表弟儿时一起玩耍的地方，只不过那里已然不是曾经的模样，早已变成了高耸的办公楼与繁华的城市广场。

到了殡仪馆后，却出现了意外状况。我们所有人都在告别厅中等待和外公做最后的告别时，我妈和我姨的车子却开错了方向，迟迟都没有到。负责人显得十分恼火，他不停地打电话催促，态度十分差，意思是如果不能快点赶到，就等不了了，后面还有其他家的人等着用这个告别厅。

我有些鄙夷却又无奈地从告别厅出来，站在门口想透透气抽根烟。看着各色的人从眼前走过，有抱着骨灰坛面色凝重走出来的只有寥寥几人的一家，也有浩浩荡荡几十口大人小孩哭天抢地的大家庭，甚至还有着装统一的基督唱诗班。在这短短的十几分钟里，我见到了面对死亡的人生百态。

好在她们最终及时赶到，我安慰她们道："也许外公想多待一会儿，所以才让你俩迟到的，这都是天意，不要太放在心上。"随后大家在告别厅里和外公做最后的告别，亲人们站成一排，其他亲友过来和我们一一握手，最后我们便陪伴外公的灵柩一同进入火化间。

这是我第一次进入这个地方，这里看起来并没有想象中可怕，与其说是火化车间，不如说更像是一个工厂，只是里面的气味和温度让我感到相当不适。想象一下，这一排的火化炉每天不知要烧掉多少遗体，把曾经鲜活的肉体变成一堆惨白的灰烬，抹去他们在这个世界上存在过的最后的证明。

我们一家人跪下，看着外公的灵柩缓慢地进入火化炉，然后关上了门。我双手合十闭上眼，脑海里闪过很多破碎的画面，但最终都没有化作泪水。我长长地叹了口气，感到外公的灵魂在这一刻终于可以得到安息了。

一个小时后，火化结束，到了捡骨灰的时候，一家人再次走到火化炉旁，看工作人员帮我们把外公的骨灰收集起来。

我不得不说这是一个相当怪异并且有些令人胆寒的过程，我从没想过自己必须亲眼见证这一切，看工作人员戴着手套把外公完整的骨头一根根压碎然后装进骨灰坛里，那依旧灼热的余温，以及清脆的响声，真的会让人铭记终生。

我表弟在一旁用英语悄声地问我："Do we really have to watch this, I mean, pick up the bones? That's insane, so creepy."（我们必须要看着他收集骨头吗？这太疯狂、太恐怖了。）

最后剩下外公的头骨，工作人员把残存的几颗牙齿从上面拔了下来，然后压碎它们装进了骨灰坛中，他说牙齿是不能留的，寓意不好。随后封盖子的时候，他还不忘卖我们两包骨灰保护剂，一包一百，说是保护骨灰用的。

我想，如果外公这个理工男能亲眼见证自己的葬礼，大概会用他最常用的语气说："嗨，这都什么玩意儿，能有什么用啊！"

总之，当我们最终抱着骨灰坛出来，并把它安置在文林山后，这场葬礼就算是结束了。文林山是福州的烈士陵园，原本只安放烈士骨灰，后来也向国家机关工作人员还有科研工作者开放。外公作为老工程师，骨灰有幸放在了一个安放的都是科学家骨灰的屋子的柜子里。

我们每个人上去和外公说了最后一句话，我对外公说的是："您生前没什么朋友，现在这里都是志同道合的朋友，总算是有点共同话题了。您要好好融入他们的圈子，以后有空再来看您。"

走出房间后，屋外的雨终于停了，山上的风景很美，空气很清新。我做了个深呼吸，感到莫名有些轻松，知道这悲伤的、迟滞的、混乱的、荒诞的一切就这样尘埃落定了。

五

回到北京后，不知不觉在忙碌而拥挤中，两个月过去了。

这两个月里，生活似乎又回归原本的节奏与状态之中，我很少再想起那两天的经历，再想起他。

只是清明节前夕，北京忽然又下起了雨。我坐在电脑前打着字，忽然传来了《寻人启事》这首歌。

"让我看看，你的照片，究竟为什么，你消失不见。"

也就是在这样一个时刻，我感到眼眶有些湿润，胸口感到一阵迟钝的疼痛。

我在想，生命的意义究竟是什么呢？外公漫长的这一辈子，经历了那么多喜怒哀乐，随着他的离开，不知多少回忆多少秘密都随之永远消失了，几乎什么都没有留下。而我作为他生命里很小的一部分，能做的也只能是用文字记录属于我的这一切罢了，更多属于他的东西，或许永远也不会再有人知道了。

总之，失去的终归是失去了，回不来的也注定不会再发生了。

而我在此刻怀念他，也许只是怀念那些美好的往日时光吧。那个曾经无忧无虑的孩子和一个慈祥健康的老人，至少在那个夏天，所有人都是面带笑容的，所有未来都那么遥远而不重要。

无论如何，只愿你在那个世界获得永恒的宁静，来世再见吧。

我们都曾是那个少年

七夕那天，我一觉睡到下午才醒，去健身房游了个泳，回家吃了点东西，然后便一个人呆呆地坐在电脑前直到很晚。

不知从何时开始，自己渐渐失去了对于这种节日的热衷。犹记得自己大学时，每到这种节日，无论是否单身，总是没法安然地待在宿舍里，一定要约个人，参加些有的没的活动，生怕无法融入外面世界的喧闹。

随着时间的推移，我习惯了独处，不再迫切地需要陪伴与社交，能够融洽地和自己度过每一个重复而平静的日子。

于是我开始感到自己真的已经不再年轻了。

这并不是一句矫情的话，前些日子"保温杯"的段子在网上很火，我尽管还没到需要用保温杯泡枸杞喝的年纪，但终归不再是少年。每次在街上遇到小孩子叫我叔叔，心里多多少少还是会很不甘愿，可看着镜子里的自己，再翻翻日历，想到再过两年自己竟也要三十岁了，这种与

辑
一

现实巨大的抽离感，还是会给我一种梦境般的错觉。

读书时的日子总是过得很慢，时间精细得仿佛可以被切割成块，每一小时、每一天、每一周、每一学期都如同被量化的任务线，过日子就像捧着米缸数米粒，不知何时才是尽头。

可大学毕业后的每一天都转瞬即逝，曾经的米粒被煮成了粥，一口闷下去，还没明白过来怎么回事一年又到头了。或许正是这种反差，让我沉浸在自己依然是个少年的幻想中很难自拔，但内心的变化是无法回避的。

我开始不那么能熬夜，不再因为游戏的输赢而影响一天的心情；我会主动去做一个很贵的全身体检，然后把烟戒了改抽电子烟，开始吃水果，考虑营养的搭配；开始听十年前的歌，看十年前写过的东西，然后和老友在那儿长吁短叹……这些都是曾经的我所无法想象的。

我逐渐明白，终于有一天，自己也活成了一个有过去，并且开始担心未来的人。

前些天上网的时候，无意间想起刚毕业时自己在游戏公司做的一款游戏，想上去看看现在怎么样了。怎料点开地址，发现那款游戏恰好在几天前停服了，只留下网页上一个简单的公告。

我把当年跟我一起进公司的小辉还有小飞拉到一个群里聊这件事，大家都既惊讶又感慨。

还记得大四时校招进了这家公司后，我下半学期就到广州参加公司的培训，而小飞和小辉都是和我一个策划班的。策划班一群人每天白天一起上课，晚上一起住在一栋复式的公寓里，抽烟玩游戏天南海北地胡侃，很快都成了好朋友。

小飞和小辉还有我是其中玩得最好的三个人，我们三个睡在客厅里，平时经常一起去吃夜宵，每次在一块儿，大家总会聊很多关于未来的畅想。小飞是个特别喜欢游戏的人，他梦想能做出一款很厉害的游戏来，而小辉是个很现实的人，他说自己做游戏就是为了赚钱，等赚够了钱就开家店卖早点去，不用天天加班这么累。

那时候的日子真是无忧无虑。大家都是应届毕业生，在广州短暂实习培训，一个月后要回学校处理毕业的事情，七月份才正式入职报到，因此我们都显得很轻松，对未来上班的日子充满了美好的期待。

没想到真正工作了，才发现一切并没有那么容易。因为刚毕业没什么钱，租房子要租在离市中心很远的地方，每天一大早就要起来挤公交地铁，晚上还要加班到很晚，做的项目还不是自己喜欢的。

几个月后我便离开了公司。两年后热爱游戏的小飞也离职回老家结婚了，后来成了一名公务员。只有一心想要卖早点的小辉现在还留在公司里做策划，他已经结婚，还在广州买了房子，现在每个月都要还房贷，成了标准的房奴。

回想起当初的年少不羁、满怀激情，大家在群里都感慨不已。小飞那天似乎喝了很多酒，对我们说了很多矫情的话，但我们并没有嘲笑他，而是很耐心地听着。那一刻我真的很想像当初那样拍拍他的肩膀，只可惜他已身在遥远的另一个城市。

小飞睡了后，我半开玩笑地私聊小辉道："当初我一直觉得你是我们中最有个性的一个，说好的去卖早点呢，现在怎么只有你还在做游戏？"

他淡淡地对我说："我老婆快生了，现在改行别说还贷款，连奶粉都买不起了。"

于是我知道，不再年少的不只是我一个人，时间比正义还可怕，它从不迟到，更不可能缺席，没人能逃脱审判。

前些天我朋友对我说，在某些行业最终留下来的绝大多数都不是对它热爱并倾尽努力的人，反而是一些起初漫不经心的人能够做得相对长久。因为前者受到的消耗是最大的，他们付出的越多，现实中受到的打击往往就越大，最后被虐到失去了动力，沦为彻彻底底的犬儒。

我不知道有多少人最终像小飞一样，被现实消耗尽了理想与热情，最终选择了向生活妥协。或许这才是青春的另一种更加通俗而普遍的结局吧。没有华丽收场、皆大欢喜、功成名就，只有些许惨淡的落幕，寥寥人际与梦想的残片，还有那些注定尘封的悬而未决的答案。

还记得大学时最喜欢的动漫《银魂》，当年看的时候笑得前仰后合，现在重看却莫名多了几分悲凉。我很喜欢网上对它的一条评论："其他少年漫画都是在讲如何追逐梦想，而《银魂》则是在告诉你在梦想破灭后如何生活。"

是啊，生活很苦，并不是因为有多难，而是因为它从不停歇。如果时光倒转，我也希望能回到那个一无所有的夏天，潮湿闷热，拥挤喧嚣，手里攥着的车票，如同尚未开奖的彩票，上面每一串数字都是饱含期待的密码。

守住内心的自由

前些日子赶稿子到凌晨四点的时候，我起身去窗口点了支烟想驱散一下自己的倦意，没想到被打开窗户后的凉意冻得一激灵。

我房间窗子上没有纱窗，再加上最近旁边一直在建房子，我从早到晚都不怎么敢开窗户，不承想秋天在不经意的一场雨后就这样悄然而至了。自己中学时期有记日记的习惯，每天记录下的那些琐事并没有像当初设想的那样留住什么美好的回忆，却让我有了过往几年气候变化的珍贵资料可供查询。我发现，南方每年开始变冷的转折点都在十一月的一场雨后，让人在还来不及洗净收起夏日的清凉短袖时，就急匆匆地从箱底翻出散发着霉味的秋装来御寒了。

自己的最后一本日记写到四年前的那个夏天，上面的最后一个日期是高考的前两天，我仓促地写下了两句话，后面便是一片空白。我已然不记得当初究竟是什么原因让我最终没有坚持把日记写到高考结束以后，这种不自然的残缺不免引发了我诸多的好奇与猜想，即便我自己就是这本日记的主人，是那段回忆的主人。

依稀记得在高考前，自己想过最多的一个话题就是"自由"。我大学前十八年的生活都在一个不大的区域里度过，我的小学、初中、高中都在一条马路上，因此我的升学经历仅仅是从马路的一头移动到了另一头，没有惊心动魄的奋斗史，也无关陌生与适应环境之类的体验。加上我家离学校很近，只有骑单车十几分钟的路程，因此我每天最大的乐趣只在于回家路线的选择上。

这种两点之间的生活让我引发了关于自由的很多渴望，我幻想着自己终于有一天不用靠在这两点之间画各种怪异的线段来寻找乐趣，能够在一个没有人认识我的地方去重新寻找甚至建立起属于自己的圈子，可以去了解自己想要了解的事情，去自己想要去，而不是别人指引你，或是因为大家都在走，因此你不得不跟着一起去的方向。

然而上了大学以后，我并没有过上自己想要的那种生活，或者换句话说，我的确在某种程度上获得了自由，但没有获得一个"自由人"所应该拥有的心情。我参加过很多活动，努力想要拿到好成绩，在各种失败中摸爬滚打，当这所有的一切都不能令我停止走向迷惑的时候，我开始重新审视自己的生活，寻找让自己安心的方式。因为我知道对我而言，最恐惧的并不是身体失去自由，而是即便没有压力没有束缚依然感到迷惑的内心。这是我最终选择在写作这片纯净之地来放逐自己的原因，也影响了我后来的很多经历与决定。

之前在游戏公司工作的时候，很多朋友会以为我的工作就是玩游戏，然而在公司里我甚至连其他工作室的游戏都不能玩，每天的工作只是在不停地写策划案子，去跟进那些无尽的更新。我身边那些比我早进公司很多年的前辈，他们拿着比我高很多的工资，同样要工作十多个小时，一样无法做自己想要做的东西。看着他们每天疲惫上下班的身影，我再次感到了恐惧，这种恐惧同样无关每日在公司里、在工作中被囚禁，而是我从他们身上看不到自己想要的未来，尽管我们每个人看起来都有选择的权利。

后来我渐渐明白了，在现实面前谈梦想，谈绝对意义上的"自由"是相当奢侈的一件事情。之后我离开公司，一个人躲在大学城五百块钱一个月的小黑屋里过着有一顿没一顿的生活时，我才明白了这个道理。我终归是个需要让自己内心得到安慰的人，因此尽管现在的日子算不上好，却让我觉得很开心。虽然我的手脚依然捆绑着现实的枷锁，但至少我的心和我的未来都已经解锁，开始拥有更多更好的可能性，尽管迄今为止一切依旧前途未卜。

现在我时常想，至少现在自己每天可以睡到自然醒，可以有时间看自己想看的书和电影，还能在天气好的时候去这个城市各个角落细细品赏。我的房间虽然不大，却打扫得干干净净，楼顶有个很大的天台，可以在夜里坐着吹吹风看看星星……我觉得这份"自由"终于在经过很多年的曲折后，渐渐离我想象中的样子很近很近了，只是将它延续下去需要很多的勇气，甚至是运气。无论如何，我希望自己永远不要丧失对于这份"自由"的向往，因为这个世界上最可怕的事情不是身体为了生存奔波，而是心灵为现实所累，继而永远丧失了拥有自由与梦想的可能性。

这个世界上什么事都不难，难的是不忘初心，如果我的朋友们能够读到这里，我希望他们依然能够回忆起毕业前在宿舍走廊上畅谈生活与理想的夜晚，因为那是我们在追寻自由的岁月里最美好的时光。

从此冰箱无企鹅

说到我的短篇小说，很多人马上会想到《冰箱里的企鹅》，直到前两天，还有个朋友跟我说起这篇小说给她留下的深刻印象。

尽管我个人不太愿意承认，但它确实已然成了我的代表作与成名作，是我当年在人人网上开始获得关注的一个起点，当时它总共被转发了超过八千次，这在现在看来都是非常不可思议的一件事。

现在回忆起这篇小说的创作起因和过程，还是挺有意思的。当时我放暑假在家，还没从几个月前那次失恋的阴霾中走出来。有一天晚上翻冰箱的时候，脑子里忽然就莫名产生了这样一个古怪的故事设定，随后我坐在电脑前花了不到一个小时就把它敲出来并发在了网上。

然后它就这么火了，一夜之间收到了大量的评论和私信，转天就上了热门。两年后在 ONE 上重新发表，它再次受到了很高的关注，我的微博也陆陆续续收到许多私信，他们的问题和当初那些读者的一样，都是在询问我究竟想要借助这篇小说表达什么。

其实我个人从写完到现在，完整读《冰箱里的企鹅》还不到五次，以至于我对其中的很多细节几乎都没有什么印象了。小说这种东西是很古怪的，当它被创作出来以后，就完全独立于创作者之外存在了，因此我在试图解读它的时候，更像是以一个旁观者的姿态。

现在在我看来，《冰箱里的企鹅》并没有太多深意。所谓把冰箱比作"人心"，把企鹅比作"没有结果的或不被世俗接受的恋情"，这都是写完后我自己的再定义，但在创作过程中，这种高概念的东西是不可能在心里那么完整。毕竟我只写了不到一个小时啊，更多的是凭借一种直觉与本能去完成的。

说得庸俗一点，我当时就是心里放不下曾经的爱情，想写点东西怀念顺便发泄一下，没想到最后居然可以写得如此不拘一格。这大概连我前女友都始料未及——没想到自己居然可以以这种方式在别人的青春里成为一个不朽的符号。如果是我被人写进故事，我得有多开心啊！

不过她似乎并没有很开心，七年了依然再没跟我说过一句话。

至于它为什么会给这么多人留下深刻印象，我想或许更多是因为它本身特有的一种孤独的气质吧。这种充满了压抑与克制的欲言又止、悲而不伤，也许比直白的叙述更加容易戳中大家内心的那些共有的点，当然这些都是我的主观臆测而已。

说到里面的情节，有一点是完全真实的，那就是我当年在家真的是有事没事就去翻冰箱。我妈为此经常骂我，说我在浪费电，但我也不知道为什么我就是会在路过冰箱的时候条件反射地去翻一翻。不过我家的冰箱常年空荡荡，我妈是个每天都会去买菜的人，因此晚上冰箱里鲜有存货，别说住企鹅了，连蟑螂都会饿死在里面。

搬来北京后，大部分时间我都是一个人住，客厅里有一台冰箱，也算有点家的感觉。然而我莫名活成了小说里的主角，天天吃外卖，冰箱里没有食物，只有孤独的寒冷。可我翻冰箱的毛病好了很多，大概是真的活明白了，不再相信里面会凭空变出什么能给我惊喜的东西了。

翻冰箱的次数减少后，也有一个很坏的副作用，那就是我那个几乎不住在家的哥们儿，偶尔会趁我不注意买一些东西扔在里面，常常是放到快过期才被我无意中翻出来。前几天我就找到了冻在冷冻室里将近半年的肉块，冒着生命危险到厨房煮了吃。那真是边吃边流泪，不过不是怕吃死，而是居然没人可以分享这种大义凛然。

于是很多年之后我才读懂了自己的小说，"或许对我而言一个有厨房有冰箱的房子才能算作一个家"，这句话现在看来比什么企鹅不见了更加刺痛人。我们终其一生，不过是想找到灵魂的归属感，并非只是身边要有个人那么简单，更多时候，我们需要的仅仅是一个可以依赖的精神符号罢了。

人类需要安全感，所以创造了房子和家，但安全而封闭的盒子带不走与生俱来的孤独感，因为每个人的精神世界注定是居无定所的，而房子里配备的冰箱、音响、电视，甚至伴侣，都是一种安慰方式。

这或许正是为什么年纪越大，我越喜欢刘若英的《当爱在靠近》："真的想寂寞的时候有个伴，日子再忙也有人一起吃早餐，虽然这种想法明明就是太简单，只想有人在一起，不管明天在哪里。"

孤独这种东西，既不会死也不会消失，只会被忽视与忘却。如果有一天，你终于发现了一种方式让你很久都没有再想起它，那真是一件三生有幸的事情。

生来孤独的人哪，愿你的冰箱常堆满新鲜的食物，厨房里总是弥漫着油烟味。

人生最重要的从来都不是考试

不知不觉距离我高考已经过去了十个年头。

像是一个遥远的梦境，那个懵懂的少年转眼就快到了而立之年。我已经很少会想起那段岁月，然而家里的一本高考前写了一整年的日记，却将我带回了那个恍若隔世的过去。

虽然我上的是重点高中，但我不能算是一个真正的好学生，我的成绩一直都徘徊在中上水平，归根结底还是不怎么努力。

还记得高一时物理不错，但化学一直是我最怕的一门学科，文理分科前，我对自己说，如果最后一次化学考试我能及格，我就去学理科。然而满分 150 分最后我考了 89 分，拿到试卷时我仰天长叹，果然这是命运的安排，于是我不顾家里还有物理老师的反对，去了文科班。

高三的时候，我有了一点危机感，所以那一年我还算努力，觉得应该好好考个大学。可我这个人依旧是个喜欢偷懒的人，因为我觉得文科没必要大量刷题，我索性就不做了。我丢掉了历史、地理、政治几乎所有的辅导材料，只把课本拿出来翻来覆去地背，基本上考前两个月我已经把所有课本都背得差不多了。

我还有一个爱好，就是特别喜欢打羽毛球，有一次竟然逃了数学课和一个男生一起跑去羽毛球馆。要知道文科班本来男生就不多，少了两个简直太明显，结果那天打完球回来发现数学老师一直站在门口等我俩，被骂得那叫一个狗血淋头。

现在想来，倒不是我真的不想努力，而是因为压力很大，很多这样的小放纵让我觉得尤其快乐。作为一个"有点小聪明，有潜力，但成绩不稳定"的学生，必然会成为老师重点盯防的目标。

高考前省质检，我出人意料地考了全市第八名，着实让老师们很惊讶，但没有一个老师表扬我，而是轮番把我叫到办公室泼冷水。他们都觉得我这个人不能夸，有点小成绩一捧就飘得不知所以了，这样高考会摔得很惨。不过我这个人心态一直都蛮好，倒没有把这些话很放在心上。

转眼到了高考的日子，福州的六月热得有快要熔化掉一切的势头。记得那两天我没有过多的情绪，就好像在完成一个任务似的，独自骑车去考场，考完再骑车回家睡觉，不知不觉两天就这么过去了。

考完最后一门，我走出考场后一点也没有兴奋或是喜悦的感觉，苦笑着和同学们打着招呼说着话，走过一棵棵树，心中莫名有一种空落落的感觉。像是期待已久的一件事情，就这样落幕了，没有想象中那么庄严隆重，只有匆忙与喧嚣，像极了人生中每一场不期而遇与不告而别。

到家后，我坐在电脑前把答案对了一遍，估了一下分。我爸走进来问我大概能考多少，我信誓旦旦地说，差不多630分吧，他觉得我在开玩笑，就没理我。

高考结束后的日子并没有想象中那么快乐，除了上网玩游戏、和同学们吃饭，更多的时间其实都被未知的恐惧与焦虑充斥着。好不容易熬到了出成绩的日子，我没有做过多的心理建设，迫不及待地打开网站输入了自己的信息，然后盯着看了好长时间。

如果没记错的话，语文115分，数学139分，英语129分，文综249分，总分632分，全省排名350。我看完后出来跟我爸说："你看我估分还挺准的，只差了两分还是少估的。"这个成绩后来被证实是全班第一，全校第几我没有印象，总之考得还算是不错。

成绩出来后，我着实开心了很长一段时间，家里人也觉得挺有面子的，随之而来的是烦琐的报志愿。还记得我那年应该是刚开始实行平行志愿政策，每个考生可以报四所学校，每个学校报六个专业。到了这种环节，有选择困难症的我就有点不知所措了，学校尚且有所了解，但专业如何选择真的一点头绪也没有。

现在想来那时候确实太年轻，盲目跟风选了很多经济学、会计学之类听起来很赚钱的专业，这也为后来的很多事情埋下了伏笔。

我一开始填报的学校分别是浙大、武大、厦大和中大，如果按照最初的志愿，我将成为一名武汉大学的毕业生。然而在填报截止之前，我上网看了一个帖子，是关于厦大和武大的区别，有个人说武大宿舍没有空调，厦大有。这让我有点恐慌，毕竟在福州这么热的地方待怕了，再让我去一个又热又没有空调的学校那还了得！于是我在最后关头把厦大改到了第二志愿。

其实去厦大是蛮不错的，因为按照分数和排名来说，我可以选一个很好的专业，但我非常神经质地在第一专业志愿选了会计学。而作为会计专业排名全国第一的厦大会计专业，之后我才知道它的录取分数比浙大会计系录取分还高，我的第一专业分数没达到，接着就要扣2分录取第二专业，而我第二专业填的是国际经济与贸易，后来发现录取分数是631。

于是命运再次和我开了一个玩笑，我最终被录取到了第六志愿英语专业。当初我填英语专业完全是为了凑数，因为文科的专业选择本来就很少，我填完五个经管类的专业觉得稳了，最后实在想不到填啥就闭着眼睛填了英语进去，没想到最后一路2分2分往下掉，误入桃花源。

录取结果出来的那天晚上，我坐在电脑前都蒙了，因为我已经完全记不得我报过英语专业了，当时的我和出成绩那天的我形成了巨大的反差，我为此抑郁了很长一段时间。毕竟除了空调的原因以外，我选厦大主要是为了学一个更好的专业，不然我大可以去一个排名更靠前的学校学英语嘛。这个结果意味着我白考了20多分，厦大英语专业当年的录取分只有610出头。

更何况，我对英语压根一点也不感兴趣。

之后的日子，我每天都在网上搜"厦大英语全国排名""厦大最好的专业是什么"之类的词条，然后懊悔得捶胸顿足。我安慰自己，没关系，虽然专业排名不算太好，但是肯定女孩很多，好好学英语，然后谈个恋爱，以后去个外企工作，也算前途光明。

真正上了大学以后，所有的事情又往我相反的预期发展着：英语专业学习压力不大，空闲时间超级多，这让我有机会去搞乐队搞社团还有写作，也让我有机会认识那么多人，经历那么多有趣的事。

此外，虽说会计学是学校最强的专业，但我了解了这个专业后，发现它并不适合我，我天生就不是一个做会计的料。这个时候我开始渐渐释然了，并接受了命运的这个安排。我开始喜欢上自己的专业，考过了专四、专八，感恩自己遇到的这些同学、室友，享受自己的四年大学生活。

毕业后，我也没有像当初设想的那样去外企工作，而是去游戏公司做了一名游戏策划，后来辞职成了一名写作者。我的很多同学也都做了和专业不相关的工作，银行、保险、航空、教育……各行各业都有他们的身影。

回想起十年间的这一切，我感慨不已。高考真的很重要吗？确实如此，但高考也没有想象中那么重要，人生最重要的从来都不是考试和结果，而是选择与如何面对你的选择。

试想一下，假如当初我化学及格去了理科班呢？假如我好好写高考作文多考五六分呢？假如没有在最后时刻改了志愿而去了武大呢？假如我真的去了会计系呢？……或许今天的一切都会变得完全不同，也许在某些节点，我获得了阶段性的成功，但在某些节点，我也因为自己的盲目、幼稚和草率备感挫折，不到最后，你永远也不知道这究竟是不是最好的安排。

　　命运这个东西，真的让人难以捉摸，许多时候误打误撞，反而收获了最适合你的那个人生。如果说高考教会了我什么，那就是无论何时，都要抱着一颗平常心去面对你的成败。只要生活在继续，没有什么事是大不了的，你曾获得的或是失去的，都是你的财富。

　　最后，愿你们最终都能活成自己梦想中的模样，无论你正经历着高考，还是高考早已是你曾经的勋章或是伤疤。

不再如期归来，这就是离别的意义

这是一个短暂、仓促却又冗长的故事，或许它并不需要用一种过分悲伤的语调来叙述，谨以此文献给所有变成过去的人。

一

毕业答辩结束后，我一个人缓缓地挪回寝室。一路上阳光明媚，鸟语花香，湖边还有三五成群的游客在饶有兴致地拍着照，一切都是那么恬静而慵懒，给人一种美好的错觉，就好像这个世界上未曾有过战乱、饥荒与贫穷一般。

而我在默默地想着，得了，差不多就这么回事儿了。

前一天晚上为了准备今天这场答辩，我坐在电脑前弄了整个通宵的幻灯片，最后只做出来三张，而且还是第一张上写的论文题目，最后一张是"Thank you"，恰似一片两面只撒了点面包屑，依然大言不惭坚称自己是个三明治的烂火腿。尽管我在太阳刚升起的时候用文档写了一份答辩稿，连"Good morning everyone"都一丝不苟地加了上去，最后很遗憾的是，这点作料并没有让我的这份毕业大餐变得可口，反倒把我自己给噎得不行。

我记得自己用三分钟说完自己的命题后，答辩老师一个劲儿地问我："what's your point？你论文中所提到的'metaphor（隐喻）'究竟是什么？"搞得我一头汗，心中暗叫不妙，毕竟稿已念完，弹药已尽，现在拒敌不成，革命大业尚不能成功。既然兵临城下，只得以刺刀肉搏之，我情急之下胆怯地问老师一句："我能用中文回答吗？"老师点点头，我心中一喜，"突突突"发表一通，最后终于把老师说服了，遂昂首挺胸下台，深藏功与名。

坐在台下的我一阵眩晕，我一脸嫌弃地低头看了我的毕业论文一眼，心想历史使命终于结束了，可以随着青春一并被冲进下水道了，而我今天所为它做的辩护，并不能增加它多少价值，反倒徒增了摁下冲水按钮那一刻的悲伤，就仿佛准备告别所有那些你曾为之努力付出了很久，最后却没啥用的东西一般。

我歪着脑袋想，作为也许是史上最差的英语系毕业生，当我站在台上和自己的学术生涯告别的时候，说的竟然是中文，实在是太给老师们丢脸了。好在老师们在毕业的季节，对于差生往往都会保有几分最后的温存和理解，才没让我显得太难堪。

我绕过林荫道，拐到食堂去买了瓶水，坐在路边咕嘟咕嘟地喝了几口，心想这个夏天终于还是不可逆转地来了。犹记得去年夏天看着学长学姐们卷铺盖的时候，我趴在窗口和高子恒说："你知道吗，当夏天再来的时候，我们也要骨碌碌地滚蛋了。"然后他就开始咿咿呀呀不着调地唱起那首《九月末唤醒我》（Wake Me Up When September Ends），像是在提醒我，你的离情别绪预防针打早了，不妨等到九月末。

然而在经历了汹涌的夏天、秋天以及冬天后，我终究还是再次嗅到了水泥马路的焦糊味儿，听到了蝉鸣声，感受到了从树下走过时被溅了一脸的清凉。于是我猛然意识到，时间的齿轮终于还是无情地把我们推到这么个咬合处，而所有人都将在这个六月完成救赎，被捣碎成块，再研磨成精细的粉，撒向未来那一个个未知的方向。

可是此刻，我没有丝毫的悲伤或是怅然，更多的是一种迟滞的酥麻感，像是被硬物刚刚击中时还没来得及尖锐起来的钝痛。我记得之前看过一个笑谈，说恐龙的反应太过迟钝，被石头砸到后要过两天才能感受到疼痛。我想，我或许就是这么一只恐龙吧，至少在我明白自己今后再也不会以这样的身份坐在教室里的时候，还没有酝酿起这深沉而庞大的悲伤。

二

答辩结束后的日子开始变得兵荒马乱起来，颇有一种树倒猢狲散的既视感。

我除了宅在宿舍里打打游戏看看电影外，脑袋里还一直盘算着究竟还有几个人毕业之前要见最后一面吃个饭这样的事情。尽管我向来不喜欢这种形式主义，但一想到也许有些人就像传说中那样，毕业了之后就真的一辈子再也不会见到，我也忍不住要去做这样煽情而矫情的事情，冒着不知道哪天又在去食堂吃饭的路上和昨天刚刚声泪俱下告别的人尴尬地撞个正着的风险。

那天在宿舍里，高子恒问我："你真的打算每个朋友都要挨个见一遍吗？"我悻悻然地挠了挠后脑勺说："太多了，见不过来，只能挑几个重要的见见。"然后这个时候，孙泽宇在一旁冷不丁地插了一句："你知道吗，我前几天在宿舍楼下看到苏琪了，她男朋友骑车载着她。"于是我便哽住了，站在那里一时不知道该说些什么话，表达怎样的思想感情。

那晚我迟迟没睡，半夜两点多一个人坐在湖边抽着烟对着鹅唱歌，然后自顾自地说话，它也很配合我地一直叫个不停，像是在跟我说："嗯嗯，你继续说。"芙蓉湖边对我来说是个意义非凡的地方，我曾在这里遇到苏琪，唱《且听风吟》给她听，第一次牵她的手，也是她离开我后的那段最艰难的日子里我最常在半夜游荡的地方。

我时常想，如果不是她，我也许不会拥有现在的所有这一切。她是我这四年来最爱的人，改变我生活最多的人，也是我唯一一个不可能去当面告别的人。我忍住了一次次想在毕业前给她打个电话、写一封邮件的冲动，直到最后把她寄给我的明信片小心地放进旅行箱。很多人和我说，时间都过去这么久了，还有什么是过不去的呢，你们俩完全可以像朋友一样坐在一起好好谈谈。只有我自己明白，我们俩都已改变了太多，我不想把彼此仅剩的回忆毁掉。

我深情地对鹅说："我知道你为啥不睡，还站在这里听我废话，你一定也爱过黑天鹅对不对，现在它很幸福，你也很幸福，所以你必须

move on 懂吗……啥？你听不懂英语？好吧，这个词组我不知道该怎么用中文表达。"

然后我似乎是戳到了它的痛处，它非常赞同地点了点脑袋。当我挥手和它告别，表示困得不行要回宿舍睡觉的时候，它竟然屁颠屁颠地跟了过来，好像听上瘾了似的，无论我怎么说"行了你不用送我了快回去吧"都没用，吓得我拔腿就跑，生怕它一路跟我到宿舍。为此我还差点摔了个狗吃屎，于是，原本挺好的气氛就这样跌跌撞撞地给破坏了。

回到宿舍，我很小心地往门外张望了一下，心想这家伙都快成精了，看它刚才那个欠抽的矫情样，似乎是真的很伤感的样子。

不过，至少它永远也不用从这里毕业。

三

学院毕业典礼是在一个燥热的下午。我睡到中午从床上爬起来望了望窗外，这大太阳似乎有势必要熔化掉一切的决心。

原本我和辅导员商量好我要在毕业典礼上唱两首歌，作为大学舞台的最后告别，为此我还很认真地准备了两个月。怎料打电话一问，辅导员告诉我毕业典礼时间太紧了，恐怕没有时间留给我唱歌了，我如果想上的话，可以考虑帮忙伴奏一首《凤凰花开的路口》云云。

这首歌我记得当年大一的时候弹过，似乎是在漳州校区欢送学长学姐回本部的一个晚会上。没想到时隔多年，我又要再次弹起这首歌，而且是在送别自己的舞台上。我心里很不情愿，本来我不仅可以自己唱两首歌，还能借机在开唱前煞有介事地说几句话，这下全都泡汤了，不仅话没法说了，歌也不给唱了，还沦落成了个纯伴奏的，而且这首歌的伴奏在网络上到处都是。

我抓着学士服一脸怨气地顶着太阳去了科艺中心，排练完找了个最靠后的位置坐着。随后，毕业典礼就在学院领导的讲话声中开始了，紧接着就是各种优秀毕业生的颁奖仪式，这是个素来与我没什么关系的环节。我想起之前学院所有的演讲、口译之类的比赛，我都是以这样的一种姿势坐在最后一排默默地看着，等待中场休息上去唱唱歌，所以当他们在简历上写下一个个比赛获奖项目的时候，我填的却是"校园十佳歌手"。我偶尔也会为这种格格不入感到些许失落，不过好在我也顺利毕业了。

临上场的时候，唱歌的几个同学和我说，我只伴奏实在是太可怜了，我可以在开始的时候唱唱主歌，然后我就像捡了个宝似的欣然接受了。没想到上台之后，曾经有那么多次舞台经验的我有些怯场了。在这些平时抬头不见低头见、相互陪伴了四年的同学面前，我生硬地鞠了个躬，然后第一个音就给弹错了。之后的整个过程，我一直都没有看台下同学的表情，而是自顾自地弹着，直到最后掌声响起，鞠躬下台，我都很难从自己的脸上挤出些许的笑容来。

也正是在这样一个时候，我发现自己原来并没有想象中那么的洒脱，面对告别这种事情，没有人可以做到毫不在意，无论是告别一个人、一个物品，还是告别一个看不见摸不着的东西。毕业典礼结束后，我把吉他装好，穿上学士服，然后融入人群中开始嬉笑怒骂，试图表达一下自己对于毕业的一些情绪。很遗憾的是，这样一个燥热的天气将所有用来表达悲伤的体液都转化成了黏湿而腥臭的汗，我没有任何想哭的冲动，一点都没有。

随后拍集体毕业照的场面就显得更加不堪了，一群被热蔫了的"残兵败将"被串成一溜拉到了上弦场，在烈日下等待被拍出一张张彩色纸片。我和高子恒饶有兴致地去和不同的同学拍照，我很认真地告诉他，马上毕业了，再不拍就没有机会了。我摆出各种笑容，像极了一匹留恋草原的野马。

大家站队完毕，摆好造型，露出僵硬的笑容后，趁着摄影师在调焦距的间隙，我眯起眼睛看到远处的太阳已然落山了。我心想这真是一个好隐喻，09级13届毕业生到今天终于算是日落西山了，最美不过夕阳红。

晚上吃散伙饭前，我回去洗了个澡，到饭店时已经没有位置了，只好和别班同学拼了一桌。

不过高子恒比我更惨，他今晚要补考双学位的一门课，连最后的散伙饭也吃不上了，而且饭菜看起来似乎还不错。饿了一天又被晒昏头的我顾不得别人唱歌什么的插曲，埋头一阵猛吃，最后吃得差不多了才想起应该到处走走敬敬酒，搞出一点散伙饭的气氛来，要是能流出几滴眼泪来就更好了。

很遗憾的是，连干了十几二十杯，喝得一脸通红的我，依然不能在这种喧闹嘈杂的场面中找出什么情绪来。后来我找了个安静的角落，有些失落地和毕业论文的指导老师聊天。他非常淡定地在一旁抽着烟，像是早已看惯了这种毕业前的躁动一般。

他问我道："毕业后去哪儿？"

"广州。"

"你女朋友呢？"

"就是在广州找的。"

然后他瞪了我好一会儿才缓缓说道："哪个姑娘这么倒霉看上你了啊。"

于是我便瘫在椅子上释然了，至少这是这一整天来我听到的最实在的一句话，真实过所有"前程似锦""一帆风顺"以及"后会有期"。

四

学校的毕业典礼结束后，我们在宿舍开始整理行李。

这种场面恰如两年前在漳州准备搬回本部时的情景，略有不同的是，当时只是告别一个地方，这次要顺带告别所有和这个地方相关的人和事。学校里开始了末日般的撤离行动，路边摆满了甩卖生活用品的摊位，各种私家车停满了宿舍门口，路上不时有抱着箱子、拉着行李箱的人在走着，还有人后知后觉地穿着学士服拍着毕业照。

原本就不怎么整洁的宿舍楼开始变得脏乱差起来，像是城市角落里的贫民窟一般。我们宿舍内部的情况也不容乐观，原本藏得很好的垃圾被翻出来，醒目地丢在任何你可以看到的地方。一些多年未见甚至素未谋面的小玩意儿开始在你的脚边时不时绊你一下以耀武扬威，再加上寝室的空调不知何时开始漏水，需要用两个脸盆放在底下筑起一道防洪堤，一切都渐渐变得如此潮湿而滑腻。

孙泽宇是我们宿舍最早要走的人，最后一夜，一向很早睡的他迟迟没有上床。他毕业后要去内蒙古支教一年，在这之前，他准备一个人一路北上玩回山东老家，第一站选择的是杭州。他整理完毕上床后，我看了一眼他的书桌，比他没有整理之前还要乱。崔世豪和孙泽宇一样，第二天就要走，他要去深圳，他的行李更是装了好几箱子。他之前还非常无耻地喊了个学妹来宿舍，把各种不想要的东西当作礼物送给人家，让人不得不感慨有的人真的是直到毕业也不懂女孩的心。

那天晚上我和高子恒无故都失眠了，反而是那两个第二天要走的人睡得跟死猪似的。高子恒凌晨五点爬上床去，而我则看着《老友记》努力打消自己迟来的睡意，7点还去食堂吃了早餐，就是怕自己这一睡就睡过了，没法和这两个讨厌却又让人不舍的人说再见。

孙泽宇和崔世豪都起床后，我看了看床上的高子恒，摇摇头说这家伙估计是起不来了，没想到他"腾"地就坐起来，打着哈欠说"能起来"，莫名让人又好笑又难过。孙泽宇走的时候，我们三个在宿舍门口和他拥抱告别，看着他拉着箱子屁颠屁颠地消失在楼道拐角。虽然这家伙四年来没少给我们寝室添乱，但他终归是个可爱的人，毕竟胖子都有着柔软的肚皮和一颗柔软的心。

那天晚上，我和高子恒两个人坐在寝室里相依为命，我们组队打了最后一把LOL（英雄联盟）。一场耗时50分钟的艰难比赛，最后我们在劣势中奇迹般地翻盘成功，兴奋地从椅子上跳起来。我问高子恒，离熄灯时间还早，要不要再来一把，他摇摇头说还是算了，他不想以失败来结束大学，还是带着胜利结束比较吉利。

但熄灯后的我又失眠了。我抽完最后一根烟，跑去其他宿舍借烟抽，然后独自蹲在走廊看星星，想着自己这些年来所经历的、得到的、失去的，觉得时间快得真是不可思议，猝不及防给你一记闷棍，四年的一场大梦就这么苏醒了。那些故事那些人都是曾经的自己不敢想不敢预计的，但到现在，一切的一切都已经成为过眼云烟，变得不再重要了。

  五

  我和高子恒买的都是第二天下午的动车票，在送走了无数人之后，终于我们也要踏上征程了。

  最后离开宿舍的我们非常谨慎，因为钥匙已经还了，一旦我们把门关上，就不可能再进来了，这情形像极了科幻电影里，时空之门一旦关上就要再等几个世纪之类的情节。

  我们把所有剩下的东西都重新翻看了一遍，把所有能带走的都尽量塞进行李箱，就连卫生纸、水杯之类的玩意儿也不落下。但诸如热水瓶之类的东西终归还是无法带走，我们只好含泪把一些陪伴了我们四年的东西遗弃在宿舍里，等待被人收走或是扔进垃圾桶。但为了表达我们的感激之情，我和高子恒神经病似的把宿舍里的每一样东西都摸了个遍，还煞有介事地各说一句"保重"，然后非常沉重地和它们挥手道别。

  当我们俩最终走出宿舍，关上大门的时候，一切往事与回忆就这样随着"咣当"一声被永远锁在了里面。

  随后我们一间一间宿舍地敲门，寻找依然没有离开的"幸存者"，和他们一一拥抱告别。而直到这样一个时刻，我才真的觉得有些眼眶泛红鼻子酸，尤其当我回头看到他们光着膀子抽着烟在走廊上和我们说再见的时候，这样的画面更是让我有些不能自己。

  我们从南门出来，坐上了去火车站的公交车。和高子恒分别后，我在麦当劳呆呆坐了一个小时，再独自过了验票口走向站台，一切都变得平静而缓慢了下来。我的脑袋里一片空白，像是陷入了创世前的混沌与空虚之中。

当列车进站的时候，我听着耳机里的《亡命之徒》（*Desperado*），拖着行李箱，无端地开始哭得像个孩子一样。我靠着站台的柱子，身边的旅客脚步匆匆，没有任何人注意到我。

于是在故事的结尾，这只恐龙最终还是得到了救赎，他感觉到了疼痛，也感觉到了前所未有的畅快，他将自己的青春留在了这片他曾经深爱过的热土上，搭上了这班永不回头的列车，驶向一个叫作未知的终点站。

岁月啊，就这样吧，你好，再见。

辑 二

有些热爱，不用过多解释

如果时光倒转，我也希望能回到那个一无所有的夏天，

潮湿闷热，拥挤喧嚣，手里攥着的车票，如同尚未开奖的彩票，

上面每一串数字都是饱含期待的密码。

真正的友情从不过期

我从小一起玩到大的一个好朋友结婚了。

认识他应该有二十年了,从小学开始我们就是同班同学,但严格意义上说我们一直到初中才开始成为好朋友。小学时候他就是我们全班最高的男生,坐在最后一排,但是人很沉闷,几乎不怎么说话,偶尔还被女生给打哭,我和他也没多少交流。

上了初中以后,他整个人都发生了巨大变化,除了身高还在突飞猛进,最终长到一米九二以外,性格也莫名外向了很多,最后居然成为年级的学生会主席,我也从那时候开始和他有了很多交集。

因为身高的关系,我们都喜欢叫他老大,实际上他年龄比我还小一岁。后来上了高中,我们又考到了同一所学校,也一直保持着很亲密的关系。高二他去了理科班我去了文科班,因为那时他喜欢我们班一个女生，每天都假借来教室找我，看一眼那个女生，我为此鄙视了他相当长的一段时间。

后来他与那个女生走到了一起，毕业后他们还来广州找过我一次。遗憾的是，最终与他结婚的人是他幼儿园的同班同学，新娘住在他家楼上很多年，也是我们同一个小学、初中以及高中的同学，她还和我一起主持过高一军训的晚会。

所以说人和人之间的缘分有时候也真是奇怪，或许应该说我老家的圈子似乎真的是小得有点可怜，翻来覆去就这么几个人，相互之间几乎都做过同学，一不小心还会跟某个曾经在学校走廊上无数次擦肩而过的人一起共度余生。

我不是一个很喜欢交新朋友的人，现在身边这四五个最好的朋友几乎都是小学开始一起成长起来的，可以算是看着彼此长大的。因此我对老大的婚礼算是期待了很多年，毕竟这样的场景已经在我们相识的这二十年里被预想了很多次：那天的新娘会是谁，我们会喝多少酒，会用怎样疯狂的方式来庆祝……

然而酒席散场后，我无端有种淡淡的失落，没有闹腾也没有喝酒，虽然整个过程确实挺开心，也替他开心，但还是有些怅然，不仅仅是因为其中一个朋友误了飞机没有到场，更多的是因为一件你曾经很在意的事情终于尘埃落定后，会忽然空落落的。

这段时间在家里翻看初中和高中时的相片，还有大学时候的很多东西，觉得时间过得飞快，读书的时候觉得每一天都过得很慢，从周一熬到周五度日如年，可大学毕业后的日子消逝得令人害怕，一年一年过得毫无知觉。其实我并不是一个时常会去怀旧煽情的人，但在某些重要的节点，不免会停下脚步去想一想过去。

我在酒桌上跟其他人说起当年和老大一起干过的很多蠢事，以及我们无忧无虑的日子，最后我说，以后他也是一个有家庭的人了，上班、还房贷、带孩子，再也不能深夜一起去网吧玩通宵，骑着自行车绕着江滨转一圈，或是喝完酒抱着棵树吐了。年少时我们总盼着长大，能光明正大地谈一场恋爱，成为某个行业的精英，最后出席彼此的婚礼，然而当我们出现在彼此的婚礼上谈论过去时，发现我们早已过了对未来能笑着去大胆畅想的年纪。

成长总是伴随着残酷二字，因为长大后的生活从来都不容易。曾经我以为我们这几个小时候脑子都"不太正常"的人最后都会成为了不起的人，最终我们还是一个个回归了平凡的生活，步入了与我们父辈极其相似的生活轨迹中。这或许不是一件坏事，如果波折和漂泊充满了不确定，没有人会不喜欢稳定与安心。

只是我偶尔还是会很怀念，十二年前他借给我一把吉他并告诉我好好学，以后我们上了大学要一起组一支乐队的豪言壮语。

之前去他家帮他布置婚房，听他妈妈依然叫他的小名，说他是个宝宝，一开始我还觉得挺不习惯的，但后来想想，在母亲眼里，孩子无论多少岁永远都是个孩子。对我们这些老朋友来说，彼此也同样是当年的模样，不管现在有着怎样的身份，做过多少厉害的事情。

而这种感觉也是我一直想要珍藏的感觉，因为很多年以后，在外面每次被人介绍认识，都会被贴上一个标签，让人感觉相识是要有大前提的，是需要互换价值的。只有在他们面前，我依然是当年那个傻傻的我，每每提起对方，除了名字之外，没有其他任何值得夸耀的部分。

所以别的矫情话也不想再多说了，今天写这篇文章，就是想祝福一下他，除了愿他生活能够幸福美满外，还愿他无论多少年后，内心依然住着那个名叫"老大"的少年。

让学习成为你骨子里的一部分

一天刷微博看到某作家说："对绝大多数中国人来说，英语都是一件废物技能，浪费了我们无数人力财力，牺牲了孩子们宝贵的童年。"还说只要有专业翻译团队就行，全民傻乎乎学英语干什么。

我看到这觉得很伤感，作为英语系毕业生，在最好的青春年华学了四年英语，家里还有一张专八证，他这样说直接否定了我的专业，否定了我的人生意义。

按照他的思路，大多数学科都是废物技能，比如数学，那么难有什么用？人类发明了计算机，足以应付大多数人一辈子生活中遇到的数学计算了，什么三角函数什么圆锥曲线简直是浪费青春嘛。

我发现随着年龄的增长，自己开始渐渐变得平和了，遇到蠢人和坏人，更多是保持一种看猴子的心态。你不可能花时间精力去和猴子讲造房子的意义，在猴子的视角里，所谓生活，就是住在树上，它们没有对生活质量的追求，更不用提精神追求以及仰望星空了。

其实我现在挺反感别人跟我说"有什么意义"这句话，你要退一万步说，世间万物都是没有意义的：人总是要死的，人生没有意义；太阳即使不爆炸人类也早晚会灭亡，地球流不流浪没有意义；宇宙也有终结的那一天，灭霸打不打响指更没有意义。所以大家什么也别做什么也别想了，一切都会没有的，死后哪管洪水滔天，对不对？

任何事情以"有没有意义"去衡量，本身就是没有意义的一件事情。人活着是要实现自我价值的，而不是为了"活着"而活着，否则和蝼蚁没有任何区别。

人类从小接受教育，这其中的价值是无价的。人天生都是有惰性的，如果没有教育这一环，百分之九十的人都会像蝼蚁一样活着，人类文明也不可能有任何进步。学习的意义不仅仅在于你用不用得到，而在于它打开了一扇门，能让你明白"原来人类可以理解这些东西，原来这个世界并不是这么简单，原来我的智慧可以让我思考和解决这些问题"。

懂得越少的人，往往越盲目自信、不可一世。当你在一个领域学得越多，越能了解这其中的高深与广阔，越会对知识感到敬畏。许多声称解决了"哥德巴赫猜想"的"民科"，大多数都只有初中水平，连数论都没有看过。在他们眼里，数学工具是无用的，好比给足原料和时间，他们也能造火箭上天，他们会把失败归咎于"这个铁皮比不上航天的钢材"，压根没想过，也不可能知道"第一宇宙速度"是什么东西。

作为智慧生命，不去运用理性，不懂审美，是一件非常可怕的事情。如果你现在问我学英语有什么用，我会很坦诚地告诉你，确实没什么大用处，毕业六年来我用得上的次数屈指可数。但我从不后悔我学了英语，因为它为我打开了一扇文化的大门，培养了一种新的思维方式，我通过这个工具接触到了一个自己曾经不了解的世界，看到了人类文明中的许多成果，并把它们变成了自己身体中的养分。

当我体会到学习的快乐后，我便经常花时间去学一些看起来没什么用的东西。我朋友经常在一旁刷着短视频嘲笑我在网上看纪录片，我对他说："十年后你可能会忘记这两个小时你在笑什么，但我会记得我今天看到的东西。"有的人从学校出来后便不再学习了，可有些人从学校出来后才真正开始学习。

不要质疑学习，不要质疑你曾经获得的，现在变成你骨子里的一部分的东西。你当然可以选择住在树上，用手抓掉在地上的果子充饥，但是不要嘲笑那些仰望星空的人，如果不是他们发明了 Wi-Fi，你也不可能躺在床上抱着手机在游戏里笑得那么开心。

一切伪装出来的东西，都是易碎的

说一说为什么现在很多人都喜欢嘲讽文艺青年。

其实热爱文艺本身并没有错，文艺是一种生活态度，而不是一种矫揉造作故作清高的姿态。很多人嘲讽文艺青年，其实嘲讽的是伪文艺青年，他们自我感动，表演的痕迹太强。

我曾说过，我也是个文艺青年，甚至是文艺少年。初中起就坐在阳台上抱个吉他，听些没什么人听过的小众歌，夜深人静的时候在 QQ 空间写些别人看不懂的话，觉得所有人都不懂我，觉得自己和这个世界有许多需要抗争的地方。

上了大学后，不知是因为随着年纪的增长，被世界折磨得太惨，开始寻求和解了，还是因为有了丰富的生活，我骨子里的那个文艺腔调被逐渐消解。尽管表面上依然时常干着些文艺的"勾当"，依旧弹琴、唱歌、写文章什么的，但内心深处早已不是那么回事儿了。

我很敏感地开始和"文艺青年"这个标签划清界限，一旦有人说我是文艺青年，我就会很生气地跳起来反驳，说你才是文艺青年，你全家都是文艺青年，仿佛这是什么了不得的骂人话似的。

　　现在想来，或许是当时的我已然非常清晰地意识到，自己曾经追捧的所谓"文艺"并非真正的文艺，它更像是个精神庇护所。具体形容起来，大概是你很想被承认、很想被人爱，但是怎么也得不到，于是在一些小众的东西里寻找一种慰藉，以说明并不是我不够好，而是我生来品味独特，太特别、太酷，因而很难获得大众的承认，难以寻求到灵魂上的契合与共鸣。

　　这些话可能有的人不爱听，但绝大多数伪文艺青年的内心深处确实都是自尊且自卑的。当年"丑而作"的我，现在可以很大方地承认，我曾以为搞了文艺以后就再也不需要谈恋爱了，我的爱情和精神生活都会得到去欲望化的升华。随着时间的推移，我发现自己搞文艺的终极目的还是为了谈恋爱。

　　伪文青和真文艺的人最本质的区别在于，前者虚伪的仪式感太强，总是信仰一些自欺欺人的玩意儿。人可以在泡沫里寻找到安全感，但不可能一直活在泡沫里，那些穿着波希米亚长裙在鼓浪屿拍照的姑娘，从内心深处说，并不比下班路上穿着职业装坐在地铁里看书的姑娘文艺多少。

　　真正的文艺青年从来都是不拘泥于形式的，而且都挺低调不张扬，最重要的是接地气，不至于看了点东西就两脚不沾地了。说到底，伪文青被嘲弄，并非世俗、误读与隔离，而是他们自己忙着和世俗划清界限，沉溺于那些形而上的符号里不可自拔。

有一篇文章中说得特别好："大家嘲笑的文艺青年，恰恰是一些声称自己追求的是'文艺和智慧'，实际上只是追求一种已经成为套路的生活方式，并想以此作为自我标榜的人，我们反感的是他们对自己内心欲望的不诚实。"

说到底，伪文青们也想有钱，只是他们不愿意承认罢了，你以为伪文青们真的喜欢穷游吗？那是因为他们真穷。

最后说一个曾经的故事，大学时我有个朋友，是个文艺女青年，我俩关系不错，但我挺受不了她身上的"文艺气息"的。

例如我每次在湖边唱歌，她坐我旁边听，都会说一些不明所以的话，偶尔还会哭。我一转头看到她满脸泪痕，我都想笑，却又不能笑，憋得我相当难受。更过分的是，有次下雨天非得让我背个吉他说要听我弹奏，我实在无法忘记那天撑着伞路过的人看我们坐在屋檐下的眼神，仿佛在说："这俩人怕不是傻子吧？"

所以，文艺终归是一种从内心升腾起来的气场或气质，而不是流于表面的形式主义的追求。要记住，一切伪装出来的东西，都是易碎的。

消除恐惧的最好办法就是面对恐惧

　　我差不多是在七八岁的时候学会的游泳。其实在那之前我每年夏天都会跟我爸妈去游泳，抱着游泳圈在水里漫不经心地蹬着腿划来划去，与其说是游泳，不如说"泡澡"更为贴切一点。我爸妈也曾试图教我游泳，但因为我抱着泳圈拼死抗拒，最终都不了了之。

　　事情的转折发生在一次我和我表弟去游泳，他爸爸也就是我的姨夫，他教游泳就显得没那么客气了，不仅直接没收了我的游泳圈，还摆出一副非常凶的样子逼我往水里钻。我没法撒娇或是撒泼，只能硬着头皮强忍着泪水服从命令。可呛了几口水后，我莫名其妙地就这样浮起来了，于是从那次之后我去游泳就再也没用过游泳圈了，在水底也丝毫没有了恐惧感。

　　成年后我试图教一些朋友游泳，但最终基本没有成功过。他们总是会用惊恐的眼神看着我，说自己非常怕水，如果意外掉进河里一定会淹死，这辈子都不可能学会游泳的。我当然不可能像我姨夫似的逼着他们把脑袋往水里按，一方面体格上不一定打得过，另一方面成年人的心理障碍都是日积月累且根深蒂固的，如果他们主观上不愿意逼自己一把，我就算拿枪指着他们都没有用。

说直白点，就是他们并不是真想学，也没有打算突破任何舒适圈。他们来找我仅仅是把一个自己无法解决的问题抛给了我而已，妄图某个高人能用什么低成本又高效的捷径让他们迅速获得技能。如同做手术似的，你们给我全麻，我一觉醒来病处就已经切完缝好了，千万别让我觉得疼，也别让我知道具体过程咋发生的。

所以当我们谈所谓"人的潜力"的时候，谁都知道人有无限的潜能，可以通过努力完成很多自己想象不到的事情，但真正缺乏的不仅仅是恒心这么简单，更多的是一开始便缺乏去做的决心和动机。

我从小就是一个非常怯场的人，这是天生的性格，因为不自信和缺乏安全感，导致害怕别人的眼光与对自己的评价。幼儿园时候有什么表演，我都躲得老远，上小学以后更是在很多人面前说话就会手心冒汗、心跳过速，更不用说唱歌演讲这种光是想起来就要直接昏倒的事情了。

上高中以后，我有天忽然意识到自己不能再这样下去了，倒不是因为受了什么刺激，或者被哪个喜欢的姑娘鄙视了，而是我有点瞧不起这样的自己，于是我开始逼自己去做一些匪夷所思的事情。记得高中第一次军训的时候，我主动在所有人面前唱歌，甚至去报名文艺汇演的主持人。这是我第一次试图去突破自己的舒适圈，就好比当年第一次丢掉游泳圈往水里钻时一样。

我安慰自己，不带游泳圈游泳可能会淹死，但在大家面前表演又不会有什么性命之虞。后来我发现这一切远没有想象中那么可怕，当我最终站在台上的时候，虽然真的非常紧张，但好在不是只有我一个主持人，整个过程还算顺利。这次和另外三个同学共同主持的晚会，算是我人生中第一次正式登台经历。

我并没有满足于此，不久后我报名参加了一次学校举办的原创音乐比赛。那时候我刚学吉他，也并不太懂作曲，比赛前三天我草草写了一首歌就去了预赛现场。还记得那是一个阶梯教室，坐了不少同学。我抱着吉他坐在台上，忽然双手开始剧烈颤抖起来，导致我最终一个音都没弹出来就在众人的起哄中狼狈地下了台。

我原本以为那一次主持经历已经让我克服了怯场，没想到自己过分乐观了。有趣的是，当你经历了如此这般堪称被打入谷底的糟糕经历后，内心深处反而轻松了不少，因为你知道该丢的脸已经丢完了，从此以后不可能比这次更糟糕了。

于是经过了一年的练习与准备，以及无数次小规模的表演的锻炼，高二时，我和另一个学长一起在全校的报告厅参加校十佳歌手决赛，得了第五名。

再往后上大学，"怯场"就再也不是我的心病了。我不仅再次拿了十佳歌手，还组了乐队，参加过无数次晚会演出，甚至在校外的酒吧里唱过歌。我变得更加自信，也更加成熟老练，还结识了许多好朋友。

毕业之后很多次在各地的书店与大学表演与签售，我印象最深刻的一次是在某个大学做活动时，我临上场前半小时才被告知今天的内容是演讲。我在完全没有任何准备的情况下，一个人在台上拿着话筒即兴讲了一个多小时。

从台上下来后我感慨万分，倒不是讲得有多好，而是我那一刻忽然回忆起当年的自己。从一个抱着课本都不敢在全班面前朗读课文的孩子，成为一个能够在几百人面前冷静应对突发情况的脱稿演讲者，在这个漫长的过程中所经历过的尴尬、挫折乃至痛苦，真的是难以想象的。

这或许并不是一个多有代表性的案例，比不上天生缺陷的人最终成为冠军，或是出身贫寒的人最终飞黄腾达的励志故事，但我想用自己的例子说明，任何你以为自己做不到的事情，在心理上无法战胜的恐惧，都是能够实现的。关键就在于你是否真的愿意迈出那一步，哪怕稍微逼自己一下。

我看过无数类似的例子，所谓的"激发潜能"，掌握什么厉害的技能，说到底在一开始都仅仅是朴素地去做，把"这事儿不可能"的想法丢掉而已。至于有没有毅力去坚持那都另当别论，百分之九十的人连"试试"这个想法都未曾有过。

所以后来有人说想学游泳，我都会问他一个问题："你这辈子，除了意外情况，是否主动让自己呛过一次水？"毕竟你连失败是什么滋味都没尝过，谈论成功那真是过于遥远的一件事情了，好比对我而言，比第一次上台主持更有价值的，反而是那次狼狈下台的经历。消除恐惧的最好办法就是面对恐惧，甚至是被恐惧支配得屁滚尿流。当你有过类似的经历后，你就会发现好像很多事情也没有想象中那么困难了。

　　总之，一个人的潜力能有多大，得问问你自己内心对于一件事物的渴望有多强烈。试着踏出离开舒适圈的第一步，试着去做，大胆而坦然地去失败，你就会发现很多事情真没你想象中那么遥不可及。

善良的困境

〜〜〜〜〜

小时候，一家五口人住在平房里，由于地势低环境差，家中经常闹耗子。

我爷爷是个捕鼠高手，家里的鼠夹子、鼠笼子都是他亲手制作的。作为一个文化水平并不高的工人，他的这种技能并非与生俱来，更不是从哪位高人手中习得的。在我眼中，这更像是久病成医，来源于不可调和的人鼠矛盾，是一家人长久以来受到硕鼠侵害之后迸发出的一种抗争潜能。

鼠夹子是所有捕鼠工具中最致命也最有威慑力的武器，一旦老鼠踩到触发器，拉紧的铁箍就会在一瞬间弹起，它往往能非常准确地夹断老鼠的脖颈，将其秒杀。然而鼠笼子就不是那么省心的一件道具了，因为就算抓到了老鼠，也必然还是活蹦乱跳的，而对它后续的处理往往很麻烦。毕竟不能判无期徒刑把它关到死，更不可能把它当宠物养起来，因此避免不了要费点力气亲自动手处死它。

我爷爷是一个"残忍的刽子手",他处理这些"阶下囚"的方式一般有两种,要么直接把笼子沉到水底将其淹死,要么用开水将其烫死,这两种手法在他看来最为简便快捷。

我大概五岁时,记得有一次看见爷爷"行刑",便很难过地哭起来。家里人见了都笑话我,说我竟然为了一只又脏又臭的老鼠哭,老鼠是四害之一,是最不值得同情的。然而我作为一个单纯而善良的孩子,那时心里唯一的想法是,它虽然是如此肮脏卑劣,以至于我甚至都不愿意拿手碰它一下,但在它死亡的那一刻,我莫名地能体会到它所感受到的绝望与痛苦。

于是后来爷爷"行刑"的时候,我再也不会选择在一旁围观了,毕竟我虽然不喜欢他杀老鼠的方式,但我没有什么立场来反对他灭鼠这一本无可厚非的行为,也不能提供更好的解决方案,于是只有不闻不问的态度会让我好过一些。直到有一次,爷爷端了一个老鼠窝,从里面发现了几只刚出生不久的老鼠幼崽。他很兴奋地把它们装在一个盒子里拿给所有人看,其中自然也包括我。

很多人可能会觉得恶心,但是刚出生的老鼠幼崽确实不像成年老鼠那般面目可憎。它们大概只有人的一个指头那么大,眼睛都还没怎么睁开,看起来真是挺萌挺可爱的,尤其是它们嗷嗷待哺的模样,莫名让人觉得很心疼。

我很不安地问爷爷,要怎么处理这些小家伙呢?他说肯定要把它们杀死啊,于是我便在地上打滚撒泼,说什么也不让爷爷杀这些小老鼠。原因很简单,它们这么小,没有爸爸妈妈照顾,好可怜,而且它们又没干过什么坏事，为什么我们非得杀死它们不可呢？它们也是一条条鲜活的生命啊！于是在我的强烈反抗下，这些小家伙得救了，家里人答应我把它们养起来。

然而还没养两天，我就发现了一个严重的问题，我不知道究竟要喂这些小家伙吃些什么，并且我开始担心，如果它们有一天长大了，长成了它们爹妈那样面目可憎的模样，那我该怎么办呢？是放走它们，还是继续养着？放走它们的话，它们不是爬到别人的家里去啃东西，就是被逮到以各种各样的方式处死。可是我也不可能养一窝长尾巴尖嘴巴的耗子在家里啊！

正当我遇到人生中的第一个困境而焦虑万分的时候，我爷爷趁着我睡觉的时候把这一窝小家伙摔死了。醒来以后听说了这个消息，我哭了一整天也没有缓过来，一方面觉得心痛，一方面又觉得莫名的释然，然后又对这种释然感到一丝愧疚。

稍微长大了一些之后，我有一天忽然知道了一种名叫鼠疫的病，它当年在欧洲杀死了成千上万的人，而这种病正是通过老鼠传播，死亡率极高。犹记得当时我吓出了一身冷汗，庆幸自己当年没有把那窝老鼠养下去，不然我可能怎么死的都不知道。看来老鼠真的是种罪恶的生物，死不足惜。

上大学以后，我舍友养了两只仓鼠，圆滚滚的身体，每天除了吃就是睡，看起来可爱极了，每天都会有同学来这里将它们放在手心里把玩一番。只有我对它们心存畏惧，不敢太过于接触，尽管我知道它们和老鼠并不一样。虽然它们都是"鼠"，从某种意义上说完全就是同一类生物，但显然它们比老鼠更可爱，也更无害，它们是人类的好朋友，而不

辑
二

是传播病菌的四害之一。

我想，大概是因为它们让我回忆起了自己童年时的那些经历。我很好奇的是，如果老鼠不会传播致命的病菌，不会啃坏东西，甚至仅仅长得可爱一些，是否就不会被杀掉，或者只是不那么残忍地被杀掉呢。

于是在很久以后的今天，那窝被摔死的小家伙，以及自己关于它们所有的痛哭与释然，在我心中都变成了一个久久不能愈合的伤疤。对我而言，从那以后或许我再也没法毫无顾忌地去对小动物施舍我的善良与爱心，毕竟这会让自己童年时纯真的眼泪，变成一种罪恶。

再说一个小时候的故事吧。

小时候家里养过一只鸡。养这只鸡的经历也挺传奇的，当年它是从集市上买来的，五毛钱一只，被劣质染料染成花花绿绿的颜色，用来逗小孩子玩，这种鸡通常情况下活不了两天。然而这只小家伙在家里人的照料下坚强地活了下来，还活得挺健康。

随着这只鸡渐渐长大，我开始担心起它的命运来，虽然它作为一只"鸡坚强"，挺过了生命中最困难的时刻，但它终归只是一只鸡而已，不是那种让人类养到老的动物。于是在一个阳光明媚的早晨，它终于还是被家里人杀掉了，炖成了一锅汤。

那天我照例哭得很伤心，因为家里人向我保证过不会杀它，会一直把它养下去，最后还是瞒着我把它给杀了。这个曾经被当作玩具售卖的不值钱的小生命，最终还是无法逃离成为食物的命运。

那天晚上最终让我停止哭泣的，是一只被夹到我碗里的大鸡腿，原因很简单，虽然它很可怜，但是它的肉真的很好吃。

人生有梦不畏寒

记得在高一的时候，学校里办了一个原创音乐大赛。

那年我十六岁，学吉他才两年，从来没有过任何的舞台表演经验，更谈不上写歌了。但不知从哪里来的勇气，我花了三天时间磕磕绊绊地摸索着搞了一首歌出来，就这样去参加了这个比赛。

结果可想而知，我遭遇了人生的第一次惨败。因为紧张与生疏带来的不自信，我颤抖着双手在台上连一个音也弹不出来，在观众的嘘声中狼狈地下了台，连预赛都没有通过。

下了台后，我既懊恼又失落，在一旁心不在焉地看着剩下的比赛，然而接下来上场的两个高三的学长表演的歌曲一下子把我的低落情绪一扫而空：

路灯昏黄，我抱着guitar（吉他）坐在海滩旁；

轻轻弹唱，浪花的和声与我为伴；

有海风轻叹，回响在这宁静感伤的夜晚；

对岸的光，是不是专门为了我点亮；

就让海带走我所有悲伤；

这是最后一次流泪到天亮；

从此以后，海滩上不再有人轻轻吟唱，

吟唱这熟悉的悲伤。

当弹吉他的学长弹完最后一个和弦的时候，全场爆发出了热烈的掌声与欢呼声。当时的我从来没有听过如此好听的原创歌曲，也情不自禁地为他们起立鼓掌。

预赛结束后经过多方打听，我才知道这首歌的名字叫作《14海滩》，是在整个高三年级都广为流传的一首歌。写歌的人正是弹吉他的那个学长，之所以叫作《14海滩》，是因为这是他在十四岁时写出的一首歌。

十四岁就能写出如此好听的一首歌，这对我来说简直是无法想象的一件事情。我十四岁那年甚至还不会弹吉他，而他竟然已经会写歌了。

于是带着近乎崇拜的心情，我有天私下找到了那个学长，缠着他想向他要这首歌的吉他谱。然而当时的他或许是本着对陌生人的本能防备，或许是压根就没把我这个低年级的吉他小菜鸟放在眼里，婉言谢绝了我的请求，我只好悻悻而回。

或许是因为预赛那天这首歌给我的震撼实在是太强烈了，后来的我每天晚上躺在床上都会想起它,想有机会再次听到它,甚至能够学会弹唱它。于是在决赛那天,我早早地来到比赛现场,把MP3放在舞台的大音响上,偷偷录下了整首歌曲。

从那天开始,我每天放学一有时间就把这首歌拿出来听,把歌词很认真地抄下来,再一段一段地听旋律,试图把谱子记下来,然后一个和弦一个和弦地去试。

这是一个非常漫长的过程,对一个初学者而言,去扒一首歌的谱子的难度无异于摸着石头过河。依然是因为深深的热爱,我花了两个月的时间硬是学会了弹唱这首歌,完成了这个在当时看来几乎不可能完成的任务。

虽然练成了这首歌,我却没有任何可以展示它的机会。一方面学校里很长一段时间都没有任何演出,另一方面这毕竟是我"偷师"学来的,我斗胆在舞台上唱他的歌,万一唱得不如他好,甚至毁掉了这首歌,要是被那个学长知道了,他肯定是要生气的。

直到第二年我上高二的时候,才有一个千载难逢的演绎这首歌的机会。

那是一个百无聊赖的下午,正在上自习课的我听到门外有人找我,我出去以后发现是一个高三的学长。他同样参加了去年的原创音乐大赛,虽然表现得很好,但最终也没能获得名次,不过那次比赛后我们俩成了好朋友。

只见他拿着一张歌谱对我说,过两周学校要举办十佳歌手赛,他想要唱这首自己原创的歌曲,但苦于不会弹吉他,于是想找我组一个组合去参赛。

辑二

我在看过那首歌之后觉得有些为难，因为去扒这首歌的谱子用仅仅两周时间根本不够，而且这首歌写得相当粗糙，我并不想为了能参加比赛而唱一首连自己都不喜欢的歌。

也就是在那个时候，那首早已练成却又尘封已久的《14海滩》忽然浮现在了我的脑海里。我告诉他，不如我们就唱《14海滩》吧，这首歌你一定听过，我也偷偷练过，而且这个学长已经毕业了，我们就用这首歌参赛，作为对他的一种致敬吧。

他听了以后觉得这个主意可以，便欣然同意了。

因此就在这个心血来潮的决定后，我们俩开始练起了这首歌的合唱，并最终凭借它站在了十佳歌手决赛的舞台上。

决赛的舞台恰巧和去年原创音乐大赛决赛是同一个舞台，抱着吉他坐在台上的时候，我无端感到有些时空的错位。去年的我只是一个渺小的坐在观众席上仰望这首歌演唱者的人，现在的我却在舞台上，在台下密密麻麻的观众期待的眼神中，准备重新演绎这首我最爱的歌。

这一次，我再没有了任何紧张和不自信，平稳地弹完了整首曲子，并将它顺利地唱完了。那天台下的掌声和欢呼声是怎样热烈，我早已忘却了，但起身和观众鞠躬致意时的那种激动的心情，我至今仍无法忘怀。

最终我们获得了十佳歌手赛的第五名，对于初次参赛的我来说，这已经是一个很高的荣誉了。

时光飞逝，不知不觉我高中毕业了，上了大学。在大学里我参加了吉他社团，有了越来越多的表演机会，学会了弹唱更多好听的歌，舞台经验也越来越丰富。在大一那年我参加校十佳歌手赛，拿了第六名，后来我加入了一支乐队，成了一名吉他手……然而我再也没有唱起过《14海滩》这首歌，因为对那时的我而言，这样的一首歌已经显得太过青涩而稚嫩了，我甚至都有些不屑去唱起它，怕被周围玩音乐的朋友笑话。

大学毕业后，我成了一个写作者，靠写字为生，吉他弹得越来越少了，乐队也早已解散多年，音乐对我来说已经彻底成了一个业余消遣的爱好，没有了当初的那份激情，再也不敢年少轻狂地把它称为自己的"梦想"。

直到前几个月到各个大学里演讲并给新书做签售的时候，因为需要有一些活跃现场气氛的活动，我再次抱着自己的吉他坐在了舞台上。

在唱烂了去每所大学经常唱的歌曲后，我的脑海里无端再次浮现出了这首名叫《14海滩》的歌。在演唱它之前，我有些怅然地对台下的同学们说，很多年前我听过一首歌，这首歌影响、改变了我很多，点亮了我关于音乐的梦想，但这首歌并不是我写的，直到现在我都不知道写这首歌的人的名字叫什么，也不知他现在去了哪里，过着怎样的生活，有没有坚持他的梦想。

说到这里我不禁有些哽咽，我也不明白为什么我会感到有些难过，或许是为我自己，也是为那个学长，更是为了每一个曾经美好却又易碎的梦。十四岁那年的他与十八岁那年的我也许曾是那样的相似过，有着耀眼的光环，有着对一样东西最简单质朴的热爱与执着，只是那些属于青春岁月的热血与激情，是否真的就这样随着漫长的时光渐渐消逝了呢。

就像这首简单却又动听的歌,美好到曾经在整个年级中被口口相传,但多年之后还是伴随着那些和青春有关的记忆一同被埋葬在那如风的岁月里,成为沉入海底的一块永久被遗忘的宝石。

现在的我偶尔还会在舞台上唱起这首歌,说起和这首歌有关的故事,尽管每次都会感慨不已。只愿它能提醒每个正在经历着青春或早已与青春告别的人,那些与梦想有关的感动与回忆,望彼此悉心保存,并温柔相待,毕竟花有重开日,人无再少年。

多一些自我否定，少一些自我感动

前两天，一个高中女孩给我发私信让我帮她看看她写的小说。

其实我特别怕帮人改作文提意见这种事儿，但看了看她的主页，似乎她的梦想是当一个作家，还是个青春文学作家。我不禁回想起自己初中时的青涩，于是琢磨着，就花点时间帮她瞅瞅吧。

看完以后，感受还是挺一言难尽的，文笔文采之类的暂且不提，故事本身太没有可读性了，大致讲起来，说的是高中时交了个朋友最后又绝交的事，整体读来不仅仅是青涩，甚至有些干涩。我实在不想违心夸赞她说些客套话，却也不想打击她写作的积极性，想了半天最终还是没回她。

其实写作这个事情，真的是太难指导了，除了一点天赋之外，更多的是阅历的积累，而且这种积累不仅是素材上的增加，更多是心智上的成长。随着阅历的积累，可能面对相同的事物，如今的你更加能抓到自

辑二

己需要的点了，也不再浮于一些粗浅的表象。好比自己高中时参加运动会跑 1500 米的那件事儿，当时去写没有太多情感因素，十多年后再写却能找到关于青春里的遗憾。

我在中学时期的写作，也像极了这个姑娘的状况，觉得自己很有表达欲，驾驭文字的功力也有一些，因此也幻想自己能靠想象写出点惊世骇俗的东西来。遗憾的是，写作真是个靠时间和熟练度磨出来的技术，不受点实实在在的生活的摔打与伤害，真写不出能够直击人内心的作品来。

我时常会告诫一些有"作家梦"的年轻人，如果你真热爱写作，一定要先从梦里醒来，去感受生活。如果你看自己写的东西觉得还不错，那说明你离成功还有很大的差距，当你写了很多年以后觉得自己写的东西挺垃圾的，那也许才离这个梦想更近了一些。写作绝不是一件自我感动的事情，而是一个自我否定的过程，只有这样才有进步的可能性。

我现在的写作状态更多的是思考，而不是去盲目地写，因为任何行业都是如此，你越专业化就会越严重地发现自己的局限性。我的焦虑感来自很多时候才华与天赋决定的仅仅是你的下限，你的上限更多是靠后天的自我学习与调整。我逐渐意识到，讲一个好故事，有时并不在于故事本身多么惊世骇俗，而在于你对人性本身有多大程度的认识，靠情感的共鸣去打动人远比弄一个花里胡哨的设定与反转要高级得多。

所以说搞创作是需要下沉的，心态和意识都得沉到最底层，才有办法弄出一个好的内核来，因而我越发体会到海明威所说的"冰山原则"是多么正确。每个创作者的表达欲确实都很旺盛，巴不得把自己的所思所想都一股脑堆到读者的面前，然而一个好作者需要足够的克制，那种平静背后的力量往往是更加强大的。

或许当你内心足够丰富的时候，你并不需要用很强烈或者过激的方式，也能使人感受到你所想表达的。我不知道那个姑娘能不能看到我写的这些话，只希望她能沉下来，去生活去感受。如果你真的想成为一个好的写作者，现在虽然不早了，但十年后也丝毫不算晚。

别让热爱敌不过现实

国足昨晚又输球了。

其实我压根没看这场比赛，会知道这个结果完全是刷微博无意刷到的。跟欧洲杯四强之一威尔士踢，输很正常，没想到居然被灌了六个球。后来看了一下回放，觉得国足踢得实在是糟糕，完全就不在状态上，场上队员不像来比赛的，更像是来散步的。

反正多余的话也没必要说了，好比家里孩子不好好学习常年不及格，你给他做试卷分析有个啥用。

我已然很多年不看国足的比赛了，2006年之后我基本上只关注德国队比赛，并不是我不爱国，而是心理素质不好，爱不起国足。与其支持一支弱旅，还不如挑个强队去喜欢呢，对不对？

事实证明我这个决定是完全正确的，你看德国队多争气，四年前夺冠了，着实让我开心了好久。7：1完胜巴西队那场更是看了几十遍，别人家的孩子啊，看着就是让人欢喜又羡慕。

不过我依然很荣幸地见证了当年中国队打进世界杯的历史时刻。在遥远的 2002 年，还在上小学的我坐在电视机前看了那场 1 : 0 小胜阿曼提前出线的比赛，当时外面都放起了鞭炮，感觉就跟过年一样热闹。

虽然那年有很多天时地利的原因，并且后来小组赛一场也没赢过，但那届的国足在现在看来是真的强，至少在亚洲是一流水平，回想起来真是一个令人怀念的年代呀。

我会喜欢足球，完全因为我爸是球迷，从小就跟着我爸一起踢球、看球。其实按常理来说，大多数男生都是喜欢打篮球的。因为打篮球不仅帅，能够有很多女生围观，而且进球很容易，无论你玩得多菜，你总能摸到球，一场下来总能扔进几个球，说不定还能有几个精彩的三分。

足球相比起来真的是个不太讨喜的运动，如果你踢得菜，别提进球了，压根就拿不到球，自己带球被断了不说，场上乌泱泱一堆人，你作为一个菜鸟根本不会有人愿意传球给你。毕竟足球不是王者荣耀，没有辅助位这一说，除非我愿意去当守门员。

在我印象里，足球场边是从来都没有女生围观的。一方面因为业余水平的足球比赛和篮球比起来几乎没有任何观赏性可言，另一方面因为篮球场上多是高个儿帅哥，足球场则多是像我这样的"物件"，女生站在场边没法饱眼福不说，还极有可能被飞来的球砸中脸。

即使这样，依然无法阻挡我对踢球的喜爱，从小学到高中，我体育课基本都会选择足球。虽然踢得很多，水平始终比较一般，但我是出了名的捡漏儿王，总是能神不知鬼不觉地出现在对方的禁区里，踢进过很多诡异的球。

不过喜爱的代价是，我学生时代大多数时间都像个瘸子。我的脚腕经常扭伤，作为禁区捡漏儿王实在太招嘲讽，不是被对方后卫铲倒，就是自己踩球车摔半死。当我一米八几的哥们儿一个个在篮球场帅气跳投引发女同学的尖叫时，我总是灰头土脸一瘸一拐地扶着墙往教室走。

　　可我并不觉得有多失落，毕竟我热爱打乒乓球的朋友比我还没女生缘。

　　一直到大学时候，我踢的足球比赛才正儿八经有女孩来看，当然不是因为我水平进步了，主要原因是我去了外文学院。这个学院什么都缺就是不缺女生，由于学院男生少得可怜，我自然成了主力球员。

　　让人绝望的是，其他学院的实力大多远远高于我们。只要遇到经济学院、软件学院、物理科学与技术学院这种队伍，外文就和国足遇到巴西、德国似的毫无悬念要被灌进七八个球，所以后来我也不怎么上场踢了，毕竟谁会喜欢在大庭广众之下出丑啊，何况还当着这么多姑娘的面。

　　当然我们也不是没有赢过球，整个学校还有一支比我们更弱的队，那就是新闻传播学院。我现在依然记得那个踢新传 6∶2 的下午，阳光很美，空气很新鲜，对方的前锋长得很好看，不认真看还以为是个女孩子。

　　那是我大学里赢过的唯一一场比赛，也是我的最后一场比赛。从那之后到毕业以后很久，我再也没有踢过足球，最终成了一个油腻还有点发福的中年人。

　　或许我只是有点怀念吧，那些依然可以奔跑可以尽情挥洒汗水的岁月。

　　我时常问自己，假如自己踢得有天赋，有机会能真的把踢球当成职业，会不会去当一个球员，然而答案总是否定的。成长的代价是把很多喜爱的东西换算成功利的价值，我们做一件事的动机不再因为喜欢与否，而是它是否真的"有用"，而踢球真的是一条看上去不太光明的道路。

我记得自己看过知乎上的一条回答，大概说的是："我们根本没有我们想象的那么爱足球，我们对于足球的爱，一直都是叶公好龙式的爱，当这种爱和现实产生冲突，第一个舍弃的就是它。"

如此看来，我们从小到大热爱过的东西大抵如此，多少钢琴十级最终成为一张废纸，多少舞蹈歌唱比赛获奖都沦为谈资。大多数人的爱好都是有底线的，那就是不能影响学习、工作、前途，毕竟国人在某种程度上还是追求安全感更多一些。这无法怪任何普通人，大环境的现实与残酷让人们承受不起失败的风险。

还记得很多年前看韩国的天才吉他少年郑成河的表演，现在他已然成为指弹的未来之星。之前在 B 站看到国内一个小学生的指弹也极其令人惊艳，但我很担心他未来是否会随着年龄的增长、家庭的压力，为学业、为高考放弃他的这般天赋。

热爱敌不过现实，这真的是一件让人万分遗憾的事情。

大概这也是国足一直没啥进步的原因之一吧。

辑三

每种生活，都有相应的避难所

曾经以为这个世界是个三明治，总共就三层——穷人、普通人和富人，后来发现这个世界是个千层饼，每一层都夹杂着太多魔幻现实与人间悲喜剧。

不相关的悲喜皆是吵闹

不知不觉来北京已经有三个年头了，依然对这个城市没有太多归属感。

刚毕业时从厦门只身去了广州工作，刚到那里时身上几乎没有钱，只能住在大学城边上的小公寓。一栋自建的三层民房，隔了十几个房间，每个房间只有一张床一张桌子再带一个卫生间，面积大概十平方米，一个月房租五百块，隔音极差，离公司又特别远。

我当时每天早晨九点上班，七点必须起床，我住的房子附近并没有地铁，要去坐七点半的那班公交车，如果没赶上，下一班就是八点的了，到公司肯定要迟到。可以想象半小时才一班的公交车得多么拥挤，附近住的几乎都是上班上学的年轻人，大家都不想迟到，很多时候都是硬着头皮从后门上，然后整个人以一种奇怪的姿势贴在玻璃上。

夏天早晨的阳光已经有些灼人，我一边脸对着太阳，一边脸吹着空调，这冰火两重天的感觉让人很不舒服，但我没有更多的情绪，只有尚未散去的倦意。在一个小时的颠簸后，我还要从车站连走带跑十几分钟才能准时到公司。

由于晚上经常加班，回到住处基本上都十一二点了，我甚至没有去洗衣服的力气，那么小的房间甚至连晾衣服的地方都没有。我总是洗漱一下就躺下睡了，第二天七点还要重复同样的生活。

后来有了稳定的工资，我终于可以搬到公司旁边，在附近小区找了一个一千五百块一个月的房间。跟我合租的是本公司一个人很好的哥哥，他和女朋友住在隔壁的房间，因为之前的室友搬走了，才腾出了地方。

这个房子比之前住的地方要好上那么一些，但条件还是差得可怕。由于小区比较有年代，整个房子显得又脏又旧，阳台和厨房的样子让人看过一眼就不想靠近，马桶更是连自动冲水都没有，每次上完厕所都得用水龙头接桶水来冲。即使这样我依然觉得很欣慰，至少每天不用在路途上耗费那么多时间和精力了。

尽管这份工作的薪水对一个刚毕业的学生来说还算不错，但每周上六天班，天天加班到九点甚至凌晨的生活让我感到一种麻木的绝望。我没有任何自己的时间，唯一的一天假期就是在家睡一整天。还有很重要的一点，在公司里我看不到任何发展和上升的空间。

于是半年后我离开了公司，办完离职手续从公司出来后，我莫名有一种轻松感。然而看着卡里仅有的几千块余额，我又陷入了巨大的恐惧之中。对没有收入的我而言，我不可能再住一个月一千五百块的房子了。我只好再次搬回大学城，在一个月五百块的小黑屋里寻求以后的出路。

没想到我在那个地方一住就是一整年。这一年我究竟是怎样度过的，我现在已经很难回忆起细节了，我只知道那是一段很惨的日子，没有稳定收入，每天待在一个狭小黑暗的房间里写着东西，不知道未来究竟会怎么样。

再后来我来到了北京工作，刚来这里时和公司几个小伙伴在四环边合租一套房子，我住在房子的一个阁楼里，一个月三千块的房租。总体条件比之前在广州要好上那么一些，但依然不能算得上体面，旧小区的房子总给人一种脏兮兮的感觉，而且没有电梯，住在顶楼的我们每天都要这么爬上爬下。

刚来北京的时候，由于我不太适应气候和空气，经常生病。还记得病得很严重的时候，我发着高烧一个人躺在阁楼里独自煎熬着，反反复复地做着噩梦。

那段日子同样迷茫而孤独，我一度想过离开，但最终还是留了下来。不是我想这么做，而是不得不这么做，对想在文化行业工作的人来说，北京肯定是无二的选择。

我相信不仅仅是从事这个行业的人，更多来到这里的人们，他们也只是为了一个更好的机会，更好的发展空间。我曾去过很多地方，在中西部的一些小城市，我看到房产中介的橱窗里，一百五十平方米的房子均价只要七十万。这些地方的人为何要来北京？因为行走在那些城市里，你感到一种难以突破的限制，那里没有像北京这样的医疗、教育资源，没有大公司，没有北京这样浓厚的文化气息，生活成本固然低，但你的发展空间也很小。

这就是不同城市的差异，没有这些与生俱来的差异，谁不愿意在自己家待着，反而去选择这漫漫的漂泊之路，在廉价拥挤的出租房里用力地活着呢？

很多年前，鲁迅说人的悲欢并不相通。我觉得现在更贴切的说法是，不同阶层人的悲欢并不相通，他们面对的世界完全不同。

在我上高中的时候，学校组织去过一趟福利院，那里住着的都是孤寡老人和残障人士。那一次活动给我留下了难以磨灭的印象，因为你无法想象这世上有的人命运如此悲惨，他们中的很多人甚至没有亲人，死后便与这个世界毫无关联。

年少的我暗暗发誓，以后有钱了一定要做慈善帮助这些社会底层的人，最后才发现自己最终也没比人家往上走多少个台阶。至少住在五百块钱一个月的小黑屋里时，我满脑子都只有自己要怎么活下去。

我同样也见过同在一个城市里，那些活在顶层的人过的是一种怎样的生活。几年前卖小说版权的时候，我被一个老板邀请来北京，来之前他问我想在北京玩几天，我说不知道。他想了想告诉我，那就待一周吧，随后他立刻帮我买好了机票，定好了酒店。

机票买的是头等舱，酒店定的是离他家很近的一家五星级酒店。等我到了以后，他直接喊我去他的私人会所，他说这是他每天吃饭和会客的地方。整个会所装修得十分奢华，里面各种设施应有尽有。在这一周时间里，我每天就陪着他在会所里吃饭，见明星、老板，个个都是名流，顿顿都是山珍海味。

这些人彻底颠覆了我对有钱人的概念，我曾见过的那些我认为很有钱的人，现在看来从家底到气质都与这些人不在一个档次上。关于这个老板，我印象很深刻的一个画面是这样的。有天下午我从酒店到会所来找他，他一个人歪在沙发上有些宿醉地对我说，实在是不想再喝酒了，每天都要见这个见那个，说些场面话，实在是活得太累了。

他这句"活得太累了"让我觉得有些揪心，不是心疼他，而是心疼自己没法理解他。我不知道他是不是真的会觉得这样的生活很累，我只知道那天晚上他还是饭桌上的主角，依然喝着酒聊着天，掌控着全场的气氛。

时至今日，他已经很久没联系过我了，看他的朋友圈，他现在变得更有钱了，一起吃饭的人也更有名了。我丝毫不觉得他不联系我有啥奇怪的，我们本来就完全不是一个阶层的人，或许我们曾因为某些因缘有了些交集，但这种交集本质上和我去福利院看老人并无太多区别。跨阶层的关联逝去得无比之快，毕竟我们的悲欢并不相通。

现在的我，在北京勉强算活得还行，至少不太为钱的事情操心了，29楼的家有电梯、有暖气、有洗衣机、有厨房和24小时不间断的热水，每天出门可以不用挤地铁而是选择打车，周末还能出去吃饭、看电影、逛街。

我有理由开心一些，但我笑不出来，并不是因为我还没有私人会所和红色跑车，而是我用了这么多年时间，也仅仅成为那个不用连夜狼狈逃离的人而已。至于在这里买一栋房子，让自己孩子上一个靠谱的幼儿园之类的问题，依然还是埋在骨头下的痛点，不知在哪一个同样刮着风的凛冬，会让你夜不能寐。

曾经以为这个世界是个三明治，总共就三层——穷人、普通人和富人，后来发现这个世界是个千层饼，每一层都夹杂着太多魔幻现实与人间悲喜剧。

孤独并不可耻

前些天，我看到一篇名为《朋友圈三天可见，透露了你的社交观》的文章有不少人转发，里面的一些观点是这样的：

"'朋友圈三天可见'就好像你同意我去你家做客，但正当我兴高采烈地进门时，你却站在门口冷冰冰地嘱咐我：'除了客厅别的地方都不能进！'你明白这种忽然被推开的距离感吗？

"'朋友圈三天可见'是一种无用逃避，避开的不是陌生人，而是那些对你用了心的人。"

文章的观点总结起来就是：三天可见是一种逃避，伤害了关心你的人，大家都把朋友圈打开当个敞亮人吧，朋友之间是不该这样相处的。

我心想这作者心理年龄到底几岁，究竟是被哪个喜欢的人设置了三天可见而受了一肚子天大的委屈，才写出如此令人摸不着头脑的玩意儿啊。

看到这样的文章，我真是忍不了，因为我个人相当讨厌这种"好像很懂你"还"教你怎么做人"的文章。

还记得很多年前我也是一个喜欢发"朋友圈状态"的人，只不过那时候还没有微信这个软件，就在QQ空间发说说，还有在人人网发状态，不过它们的性质和朋友圈状态并没有多大差别，都是晒自己日常生活状态与心情的工具。

我状态发得最勤的那段时间，一天平均能发三四条，两年下来发了几千条，大多是些无病呻吟、感怀伤秋，或是自说自话。现在回想起来，完全是内心空虚寂寞，渴望得到关注，却又缺乏社交认同感的表现。

年少的时候，我们习惯于把情感寄托在别人身上，自我价值的实现完全靠社交来体现。那是一段无法独处的日子，大家都积极试图融入各种圈子，害怕被孤立，与朋友之间的关系需要用各种手段来维系，因此发发状态，互相评论点赞刷存在感，给彼此的关系"打卡签到"就成了一种任务。

而且那个时候，一旦有什么情绪，都没有很好的发泄手段，发状态就变成了一个出口。除了心情好的日子里发得很勤，在情绪失控的时候，我也会在上面破口大骂，完全不顾及别人对自己的看法。

然而随着年龄的增长，尤其过了十六七岁的青春期，到了二十七八岁这样的节点，我的心态慢慢发生了变化。

我不再因为缺乏社交而焦虑，几个很好的朋友都是多年旧交，也许不多，但已经足够了。大家也许并不会每天有交流，但沟通起来很顺畅并且可以说走心的话。即使没有社交活动，我也有足够的能力让自己过得很充实与舒适，不再觉得孤独是一件可耻的事情。

我也不再需要刻意展示自己的生活。我非常清楚即使你朋友圈发得再勤快，朋友圈里的人再多，真正会在意的人也寥寥无几。过日子本来就是一件很主观的事情，大家都忙着生活，谁有空一天天地看着你活啊。

另外我认为，任何情绪，尤其是负面情绪是不适宜发在朋友圈状态中的，让人知道你很生气很悲伤，也许能为你收获少量的安慰，但给绝大多数人的印象必然是你这个人很幼稚。而你面临的问题并没有得到解决，过了一段时间你觉得后悔，还得去把它给删了，这种行为究竟有多少意义可言呢？

因此，我关掉部分朋友圈并非在逃避什么，恰恰是我开始正视很多东西了：我的生活是我自己的，我的喜怒哀乐没有必要，也没有义务让所有人知道；我开始明白真正关心你的人并不需要通过朋友圈来获得你的这些信息；我有能力掌控自己的情绪，并且在大多数时间里很融洽地和自己独处，幸福感的来源不再依赖于关注度与认同感了。

事实上大多数跟我同龄的好朋友，都开始渐渐减少发朋友圈状态的数量了，有的和我一样只开放三天的朋友圈。我并没有觉得大家彼此伤害了，也没觉得大家都在逃避什么。我只知道大家都很忙，并且日渐成熟务实，马上奔三的人了，何必还活得那么表面对不对。

当然，我并非说那些喜欢发朋友圈状态的人都不成熟。我写这篇文章，只是为了说明自己为何只开三天朋友圈的心路历程，也为了告诫那些在社交媒体上浪费太多精力，仿佛在玩模拟人生的人，不要让一些无谓的事情掌控了你的情绪与时间。

　　总而言之，我的朋友圈只开三天，透露的我的社交观就是：关我屁事，关你屁事。凡是参透这八个字含义的人，大都活得挺洒脱的。

道理你都懂，但你依然选择浪费生命

很多时候我们不是真的无聊，而是习惯了用无聊去打发无聊。

我观察过身边的许多人，他们在碎片的时间里，无非是抱着手机，刷朋友圈，刷微博，刷淘宝，刷抖音，玩两局游戏，但是从长远看，这些几乎没有任何意义。

我承认我有些时候也会一不小心就迅速沉浸在这种碎片化的娱乐模式之中不可自拔，一晃大半天时间就过去了。在这个大数据时代，它不仅能非常精准地定位你的喜好，然后源源不断地对你输送，而且因为内容足够碎片，耗费单位时间成本极低，可以迅速给你带来愉悦的回馈，因而让你欲罢不能。这个机制和吃薯片、嗑瓜子是一样的，快速高效的多巴胺分泌刺激你不停地吃，直到一包见底为止。

我很反感这些东西的原因在于，它们的副作用和薯片等零食的并无差异。它们既不能代替主食给你实在的饱腹感，也没有多少营养含量，只有纯粹的油脂与热量，偶尔食用也许挺快乐，但长期这么吃，对健康一定是有影响的。

"短视频""快娱乐"是会消耗人的品位与耐性的。你看一万段让你哈哈大笑的短视频，并不会让你增长多少见识，甚至都不会让你变得比别人更搞笑，副作用是你再也没有耐心去看一些稍微长点的东西了。一部时长 120 分钟的电影，你会觉得还不如花 5 分钟看别人讲解这个电影的短视频呢，我知道个大概剧情和看过全片也没什么两样。

你看别人会弹吉他，心血来潮买了一把，在网上看个速成的教程，抱着练了两次，然后便放在角落里积灰了，觉得这个可能不太适合自己。事实上你从入门到放弃的时间加起来还不到两个小时，于是你打开别人弹吉他的视频，心想就这样看别人弹也挺好。

你看别人有好身材，看别人知识渊博有涵养，看别人有各种各样令人羡慕的技能……最终还是选择保持现状，躺在床上玩一会儿手机。我们真的没有想象中那么忙，也没有想象中那么无聊，我们只是被自己的惰性击败了，然后找了一堆借口来让自己觉得好过一点。

人的一生说短不短，说长也不长，我们有太多可以去做、去了解、去学习的东西，好的书、电影、纪录片，即使花几辈子时间也看不完，更不用说那些你未曾涉足过的领域与世界了。很多时候你打开了一扇门，才会发现后面所隐藏的超乎你想象的广阔。

高中时，我特别无聊的时候学了吉他，这个技能让我受用至今。后来有段时间我无聊到研究起了如何还原魔方，费了很大劲背了不少公式，终于学会了。虽然我的手法无法熟练到去参加比赛，这个技能本身对生活似乎也没有多大的用途，但某种意义上它改变了我的一些思维方式，培养了我解决问题的能力，并且在后来的某些场合令一些小伙伴对我刮目相看。

所以，当你想改变消费和娱乐后带来的空虚感与无聊感时，就去寻找新的兴趣，试着把感兴趣的事物下沉到学习与钻研的层面上。即使你的兴趣仅仅是打游戏，也可以读一些游戏设计类的书，了解一些游戏发展的历史等，不要把时间浪费在虚拟的段位或等级上。

音乐制作、视频剪辑、外语、练字、画画……有太多可以去学去做的事，哪怕研究研究做饭做菜呢。即使你是个从来不下厨房的人，买点食材看着菜谱动手试一试，你可能也会有新的体验呢。

你可能会说："啊，你说的都对，但我就是个三分钟热度的人，实在是没有这个意志力。"确实，如果不是有强烈的动机，人都是有贪图安逸与享乐的倾向的。这个世界上优秀的人之所以少，正是因为他们把别人用来无聊的时间拿来做了有意义的事情，也正因为绝大多数人都做不到，优秀才变得如此难能可贵。

千万不要"道理我都懂，我选择继续无聊"，其实你只要做一点点改变，迈出最困难的第一步，就会发现很多事情开始变得不一样。哪怕每周看一部电影，翻一翻书，去锻炼下身体，试着了解一个你从未涉足过的领域，一年后你回头看，都会感受到自己从内到外的变化。

去尝试，去学习，去感受，去体验，去丰富自己，我们每个人都是有无限潜能的，不要再用无聊打发有限的生命了。很多事情也许一开始看起来并没有什么用，但最终都会变成你的一部分，回馈到你的日常生活，乃至整个人生的方方面面中去。

生活可以不完美，但一定要有灵魂

最近在跟朋友讨论做菜的问题。我跟她说做菜看起来很难，实际上是世界上最简单的一件事情，因为做菜是一个可以完全被量化的过程，只要跟着菜谱做，基本上不会出什么问题。如果更较真一点，放多少食材和调料可以用电子秤精确到克，烹饪时间可以用表精确到秒，还能反复研究和试验，如此一来人人都能当大厨。

她听完以后很不屑地说了一句："你太天真了，这样做出来的菜没有灵魂。"

这句颇有深意的话让我思考了很久，究竟什么是有灵魂的菜？随后我脑海浮现出《中华小当家》里的很多画面，花里胡哨的做菜过程，一个个食客吃完后夸张的表情。我琢磨着难不成非得弄成这样才是所谓的有灵魂吗？

后来有一次我在网上看新手弹吉他。小伙子弹得挺不错的，从头到尾照着谱子一板一眼地弹完，稳稳地一个音也没弹错，但不知为何听起来就是没什么感觉。

我想起很多年前我在吉他协会教学员弹吉他时，常常告诉他们一个道理：弹会一首歌、弹好一首歌和把一首歌弹出境界并不一样，弹会顶多只需要一周，弹好需要你反反复复练习好几个月，而弹出境界也许需要耗费你很多年，其间甚至需要你忘掉这首歌，去谈一段刻骨铭心的恋爱，过一段苦痛挣扎的生活，然后再回来重新弹奏它。

这大概就是所谓"注入灵魂"的过程吧。

于是我渐渐开始理解她对我说的话。做一道菜，如果放多少东西都要用秤去量，烹饪多久都要用秒表去掐时间，做菜本身的过程就开始失去意义。即使你用再好的食材、再贵的厨具，也无法消解这种机械的生硬感，做出来的食物也多多少少没有了滋味。

好比流水线量产的手工艺品，完美无瑕，却因同质而廉价。

我爱吃我奶奶包的饺子，每次回家，她都会亲手包饺子给我吃，我一次能吃好几十个。离开家很多年后，我再也没有吃到过比我奶奶包的更好吃的饺子了。无论是超市速冻冷柜里的饺子，还是高级餐厅里大厨推荐的饺子，都没有曾经的那种味道。

或许是因为，奶奶包的饺子里除了馅儿之外，更多的是包含着我和她之间那种与生俱来的情感。那种亲人之间的人生牵连，是人生中永远无法割舍的一部分。

事实上，一道菜多放点盐，少放点醋，火候稍显不足又有什么要紧，谁陪你买菜做菜，谁陪你吃饭，才是所有一切的重点。你做的菜，从口味上说可能算不上好吃，但我愿意吃光每一道，并为你洗干净所有的盘子碗筷。

李宗盛唱的《爱的代价》的众多版本中，我最喜欢的版本永远不是CD版，而是那个刚唱了几句便哽咽到无法继续的现场版。无数人翻唱过这首简单到几乎有些简陋的歌，就连刚学吉他一个月的人，都能完整无误地将它演绎出来。然而多少人用尽一生也无法唱好、唱懂那一句："那些为爱所付出的代价，是永远都难忘的啊，所有真心的痴心的话，永在我心中虽然已没有他。"

生活永远不是完美的，也没有人能够做到完美。我们寻寻觅觅、心心念念，试图达到一个无懈可击、无可挑剔的境地，却不知不觉在这个过程中渐渐失去了灵魂，忘记了我们一开始真正想要得到的东西。

那些没有结局的故事，那些没有说完的话，不如就这样算了吧。

我从来都不需要没有错误、按部就班的精致。总能在每一个深夜打动我、安慰我的，始终是那些并不完整、每一道伤痕都沉淀着悲喜的回忆。

陪伴是个奢侈的词语

记得很久之前看过一个问答，问的好像是：你有没有哪个时刻觉得忽然很想谈恋爱？

其中一条回答是这样的："有一天，我吃完泡面发现洗洁精用光了，就随手用剃须膏洗碗，突然觉得要是有一个女朋友就好了。并不是因为有个女朋友就可以不吃泡面，也不是因为有个女朋友就会有人帮忙洗碗，而是我想在洗完碗转身回去时会有个人在那里，等着我一脸神秘地问：'嘿！你猜我刚刚用什么洗的碗？'"

这个回答莫名让我很触动。不知不觉来北京三个年头了，大多数时间都一个人住在一套空荡荡的公寓里，先前还有朋友陪着我，后来他有了女朋友就搬了出去，留下我一个人吃饭、睡觉、打游戏，日复一日地品尝着孤独。

其实我是一个早已习惯孤独的人，自从大学毕业后，我便常常过这种一个人待在屋子里的生活，无论是在哪个城市。时间久了，我渐渐养成了和自己说话的习惯，像极了一个教科书式的精神病患者。

我内心深深地明白，这不过是我消解孤独的独特方式罢了，毕竟一个人无论多么抗压、多么耐得住寂寞，终归还是需要交流、需要被理解的，陪伴真是个听起来简单却无比奢侈的词呢。

尤其随着年龄的增长，这种感觉便越发强烈。初中时听刘若英的《当爱在靠近》，觉得这是一首再普通不过的歌，可现在每当从音响里放出"真的想寂寞的时候有个伴，日子再忙也有人一起吃早餐，虽然这种想法明明就是太简单，只想有人在一起，不管明天在哪里"这几句歌词时，我的眼眶便会莫名有些湿润，觉得真是字字戳心、刀刀入肉。

我曾经历过不少感情，最终都无疾而终。或许是因为我天生不善于经营感情，或许是因为曾经受过的一些创伤使自己在感情里缺乏安全感，使我变得不那么好相处，有时候焦虑恐慌，有时候患得患失，有时候又显得咄咄逼人。曾经和我在一起的人大概都能说出我的一大堆缺点，但我面对每一段感情时，都是掏心掏肺地付出自己的全部。

曾经我花了两三年时间才完全走出一段阴霾，最终成就了后来的我，大家都知道她就是"冰箱里的企鹅"。现在一个人生活，我的冰箱里真的如小说里写的那般，总是塞满了各种各样的食物，可是一个人真的很难吃完，因此它们总是会不知不觉地过了保质期，然后被我有些不舍地丢掉。

可我每次去超市都无法控制自己买那么多东西，并不是真的冰箱满了就不会再有企鹅住进来了，恰恰是一种遥不可及的期待。假如未来有个人能长期地住进我的心里，住进我的家里，让这些食物不再过期，让我对未来的希望不会过期，那该是多么开心的一件事情啊！

可惜食物依然在"准时"地过着保质期，等待的人却从未准时地到来过。

很多人问我，我现在究竟想要找一个怎样的姑娘呢？我总是淡淡地说，最早我想要一个漂亮可爱的，后来我想要一个灵魂契合的，再往后我想要一个对我好的，现在发现我不过想要一个愿意陪伴我的。条件看似越来越简单，实则越来越困难。

曾经年少轻狂，以为只要功成名就便能收获任何想要的爱情，后来被生活磨平棱角再打入谷底，才发现真正的爱情需要被考验而非被保护与豢养。

也许只有真正体会过孤独的人才知道陪伴的意义吧。我经历过无数难以入眠的夜晚，望着清晨微微亮的窗外聆听胸腔里的回音；我也在无数个悄无声息的午夜独自醒来，将破碎的残梦揉进空荡荡的枕边。

是啊，如果你在，这一切该有多好。

放弃也是一种明智的选择

止损一直是一个让人很不开心的话题，因为到了需要止损的时候，往往意味着已经产生了损失，并且很难挽回，但人的本性是贪婪与心存侥幸的，因此"及时止损"就成了一种难能可贵的品质。

但这个话题说开来就很复杂了，因为涉及太多的方面，从投资行为再到情感生活都会涉及止损的问题。我们不妨先跳开感情，来看看生活中，面对损失，我们的选择会是什么样的。

你的一笔十万元的投资亏到了九万元，你要回本，得盈利十分之一左右，当你亏到了七万元，想回本就得盈利三分之一了，可一旦亏到五万元，你得翻倍才能回本了。有的人会想，我亏了一半的钱了，现在放弃未免太痛苦了，也许等一等会有好转。但有些人会想，这投资我都亏一半钱了，我指望它翻倍盈利的概率不亚于被雷劈中，现在不跑怕是连剩下的一半都没有了。

这件事情告诉我们，在损失已经造成的时候，人是倾向于脑子一热去做一个不计一切后果的"赌徒"的。因此，最好的方式就是设置"止损点"，不停地告诫自己，一旦亏损到这个数额，无论自己多不甘心多不舍得，都应该毫不犹豫直接"跑路"，不能有任何眷恋，不要把命运交给不可控的运气与概率，否则就是死路一条。

那么感情上的"止损"应该如何做到呢？

在电影《半个喜剧》里，女孩在结婚当天发现自己男朋友曾多次出轨。如果现实中遇到这种情况，很多人会想，都已经要办婚礼了，亲戚朋友都来了，不如先把婚结了再说吧。但女孩最终选择这婚我不结了，把婚纱一丢转身走了。

我不得不说她做出这个决定需要巨大的勇气，因为她不仅要面对许多非议，投入的金钱和情感也要面临损失。但试想一下这要是不及时止损，未来会怎么样？还不是得离婚吗？你明知道这婚非离不可，今天为何要咬牙跺脚去结这个婚呢？

在恋爱关系中，有些人遇到重大问题时的第一反应都是选择逃避，得过且过，过一天是一天，任由情况发展，直到迫不得已的时候再做出选择。

之前有粉丝给我发私信，说男朋友在外面赌钱欠了很多高利贷，还借了她的钱，但他道歉了，说以后不会再赌了，问我应不应该原谅他。因为之前两个人感情挺好的，她觉得舍不得，也许未来他会变好。

我对她说："你是在等他又去赌的时候再选择分手吗？如果他又道歉了你会再次原谅他吗？我知道你投入了感情，但有些事情很难改变，现在抽身会很痛苦，但好过未来可能到来的更大的伤害。"我很欣慰，她最终听从了我的建议。

在感情里同样是需要设置"止损点"的。你无法容忍对方对你做的事情是什么？出轨、家暴，或是别的什么？一旦对方触及了红线，你就要第一时间选择"弃牌"，不要再计算你投入进去的东西了，共同养了宠物也罢，准备结婚也罢。人的本性基本不可能根本改变，很多事情只有零次和无数次，你除了面对现实没有任何办法。

在任何一段濒死的关系里，我一般都会反复问自己三个问题："这段关系还有没有转机？""如果有转机，变好的可能性有多大？""如果未来发生最坏情况，我能不能承受？"如果答案是"没有、很小、不能"，那我会要求自己必须面对现实，尽早从中脱身。比如，我知道对方已经不爱我了，我做任何事情都只是毫无意义的垂死挣扎。

在一段全心投入的感情或其他事情中，用理智去主导自己的行为是非常困难与痛苦的事情，好在人都是这么成长起来的。说到底，学会及时止损不仅是一种接受自己失败的勇气和体面，更是对未来会更好所抱有的一种信心和期待。

最后愿那些让你们曾经不快乐的过往，都能在今后被微笑着提起来。

感情就像阅读理解，没有标准答案

我对语文一直都有着一种莫名的敬畏感。

后来自己一琢磨，发现"敬"来源于喜欢，自己一直都对文字有一种与生俱来的痴迷；"畏"则来源于挫折，从小到大，语文这家伙从来就没给我什么好脸色。中考、高考，语文都是我考得最差的一门，折算成百分制也就是七十来分，其中很大的一个痛点就在我的作文上。

我的作文平时经常会被老师拿出来念，倒不是因为我写得好，而是我总会把任何一个题目都写得很奇怪，不是老师想象中的样子，所以老师也不希望大家写成我这个样子。其实语文老师私下里也会劝我，跟我说改卷老师不可能很认真地看每一个人的作文，他如果欣赏你可能会给个高分，如果他没看懂，那你这作文就难拿高分了。但我就是个偏执的人，没办法把一篇议论文写成开头结尾两段排比句加中间三段例子的模样，所以我还是一次次地败在语文考试上，没能成功地让改卷老师明白

辑三

我究竟想表达一种怎样的思想感情。

在做作文前面的阅读理解题时，我最怕的恰恰也是这样的问题：作者想要表达一种怎样的思想感情？这样的题目往往会让我咬着笔头想很久。考完后老师一对答案，我总会惊奇地发现自己写的都是连作者自己都没想到的东西，而作者想表达的，我一项也没体会到。于是我很悲伤地想，自己大概真的不适合学语文，这实在是门太需要默契的学科，不仅要懂别人，还得让别人懂你。

我时常想，文人真是一种矫情的生物，每一次写文章时都会化身为一个羞涩的人，只露出衣服的一角，希望有人能猜到里面的图案，却又不肯直接给你看。这既是一种故作优雅的姿态，也是一种自我保护的方式，毕竟每个人都渴望自己被理解，却又不希望别人将自己一眼看穿，而文字实在是一种太过有张力的东西，只有驾驭能力足够强的人才能将这个过程做得天衣无缝。可这却是一场有些痛苦的游戏，无论是对出题的人还是解题的人而言都一样，写文的人将自己的心像魔方一样拧乱，然后摆在世人面前，读文的人也许在绞尽脑汁后能将它还原，可是没有人能明白他究竟是如何把魔方拧乱，他又为何要将魔方拧乱。

我听过这样一个故事。他深深爱着一个姑娘，和她在一起时，他每天都像在做着试卷上的阅读理解题一样揣摩她的心思。很可惜的是，他最终还是没能给她一份满意的答案。她离开的时候告诉他，他给的并不是她想要的，换句话说，他没能理解她想要表达一种怎样的思想感情。当时的他有悲伤，有绝望，也有几分愤怒，毕竟他不知道自己还能从"我爱你"这三个字里读出什么其他的思想感情来。后来他渐渐明白，人终归是种复杂的动物，即使曾经亲密无间，也并不是彼此理解的充要条件。

紫霞仙子问至尊宝的那个问题，答案是什么并不重要，因为她忘记了真正进入一个人的内心真的太难了。

我从来没有抱怨过什么，尽管自己是个如此不善于做阅读题的人，尽管自己经常在这些问题上受挫折。毕竟我曾是个无比固执的人，将自己紧紧地缠绕起来，说着那些言不由衷的话，做着那些不可理喻的事，还要摆出一副不可一世的姿态与嘴脸，不管别人给我打一个怎样的分数。说到底，我们都是敏感却又执念的生物，在世间等待着那么一天，有一个人可以一字不差地在我们的问卷上写下我们想表达一种怎样的思想感情。这可能是一个漫长而又艰苦的过程，甚至可能永远不会有人给你一个标准答案，但它又是如此地令人迷恋到不可自拔，即使倾尽一生去孤独等待也无怨无悔。

宋冬野在《董小姐》里唱道："我也是个复杂的动物，嘴上一句带过，心里却一直重复。"我可以想象这是一个多么温情的画面，它解释了这世间太多太多的苦痛挣扎与悲欢离合。人之所以是种孤独的动物，或许正是因为这样一种脆弱的执拗，我们在做着题的同时也在给别人出着题，没有人知道答案最终会是惊喜，还是伤害。当我想起那些我爱过的人以及爱过我的人，都会有一种莫名的歉疚感，关于那些真心、那些谎言，以及那些再也回不来的时光。

如果可以，请原谅我如此偏执，却又是如此不解风情。

辑四

在复杂的世界，简单地活着

最终我们还是一个个回归了平凡的生活，步入了与我们父辈极其相似的生活轨迹中。这或许不是一件坏事，如果波折和漂泊充满了不确定，没有人会不喜欢稳定与安心。

所谓失败，不过是另一种成功

经常有人问我，我的梦想是什么，是否我从小的梦想就是能够写书出书，从事与文字相关的工作。

我的答案往往会让大家很失望。我说我并不是一个有梦想的人，因为这个词已经被过度消费，显得有些廉价了。我一路走来的经历几乎没有任何励志的成分，至于我曾经取得的一点点小成功，我很愿意分享，却不希望它带有太多教化的意义，也不想让他人盲目去模仿。

例如我会提到我大学时有一段时间不怎么去上课，宅在宿舍里天天写小说，最后莫名在网上红了起来。这听起来似乎是个很博人眼球的故事，但我绝不会告诉他人"学习成绩并不重要，放弃手头的事情去追逐自己真正想要的生活"这种话。

事实上我从未决定要走写作这条路，只是单纯地想要逃避学习，加之失恋导致情绪不好，想抒发一点情绪，恰巧运气好才写了一点东西被众人关注到了而已，和所谓的"坚持梦想"没有任何关系。

我不能把这段经历包装得很华丽，去煽动很多涉世未深的学生"不务正业"。我一向都是规劝大家要冷静，把自己现阶段最重要的事情先做好，再去谈所谓的理想和追求，并且永远不要放弃学习和积累，盲目去追求一些虚无缥缈的东西。

我对成功学十分反感，倒不是因为我认为它说的话毫无道理，只是它的煽动性太强，容易使人脑子发热误入歧途。我始终认为，去寻找总结一套方法论，学着如何"成功"一点意义也没有。人想要成功，并能够长久维持成功带来的收益，最重要的一门课其实是学着如何"失败"。

成功是无法复制的，很多人只看到了成功者表面的辉煌，往往忽视了很多看不见的客观变量的存在，成功是一个积累的过程，很多人在成功之前所经历的失败才是他们最终取得成功最重要的经验。即使在所有变量都一样的情况下，运气的好坏也能产生非常不一样的结果。大多数人学习成功学，试图复制他人的成功之路时，总会忽略别人之所以能成功，其实是踏着很多失败走过来的。

还有很重要的一点是，有一个叫作"幸存者偏差"的东西。所有站在你面前的都是大浪淘沙后留下来的幸运儿，数以千计万计的失败者并没有机会被你看到，且告知你他们失败的过程和缘由。

随着短视频和直播行业的兴起，现在不少人都开始拍短视频，做起了主播。我看到很多年轻人都做着"网红梦"，觉得做网红是一件很容易的事情。但他们看到的只是占比非常小的"头部"，他们只看到了别人光鲜亮丽的一面，却没想过那些没火起来的，或者火了一阵又"凉"了的人占了多少比例。即使他们有幸混到了中游甚至中上游的水准，所能获得的也远远不及他们所期待的那么多。

这就是成功学带来的误区，给你看某个领域中最好的，告诉你他们是怎么做到的，然后鼓励你，你也可以做到和他们一样的程度。然而一个人成长的过程，最重要的是探知自己的局限性，这么做是否现实，要付出多少成本和风险，万一失败了有没有回旋的空间，这才是一个成熟的人需要思考的问题。

成功者自身固然有着非常可贵的品质，例如努力和坚持，但我从来都很小心地对待这两个词，因为努力与坚持也是讲究方向的，如果你朝着一个错误的方向去努力，很有可能就是一条道走到黑，陷入一个死胡同里出不来了。我从来都不否定努力的重要性，做任何事情当然都要尽全力，可努力往往决定的是你的下限，你的上限取决于你所选的道路是否真的是正确的。

来北京这几年，我经历了几次创业的失败，这个过程说来挺揪心的。我曾经也以为创业是一件非常容易的事情，当我遇到了几次巨大的挫折与打击后，我忽然意识到或许不是我做得还不够好，而是我本身就不是一个适合创业的人。

我本身是一个写作者，我的强项是创作文字，与人打交道并不是我擅长的事情。一旦牵扯到一个我不懂的领域，就非常容易"踩坑"，因此大多数事情的发展就脱离了我的掌控，变成了听天由命。在反思了很久之后，我猛然醒悟，自己还是应该坚持自己所擅长的事情，也就是写作，把最有把握的事情做好，做到极致。

因此，尽管这几年的创业经历失败了，但失败的过程给了我更多的人生经验，让我变得更加冷静清醒，有足够的沉淀和反思。这可不是那些创业成功的大佬教给我的，而是实实在在的头破血流之后才获得的宝贵财富。

所以我认为，身处这样一个时代，我们需要的并不是盲目而狂热的"成功教育"，所有人从小都应该接受的是"失败教育"，它能考验一个人的韧性，教会人怎么去面对挫折与失败。任何比赛中，虽然冠军都只有一个，但剩下的所有参赛者，他们所做的准备、所跑的那段路并非毫无意义。

如果成功注定只是个小概率事件，现在的我与其聆听成功者到底做对了什么，不如去聆听失败者到底哪里做得还不够。当一个人有足够的胸襟与能力去面对失败的时候，他才有资格去享受成功。

尽最大的努力，做最坏的打算

如果要问这么多年来对我的人生帮助最大的一句话是什么，大概就是"尽最大的努力，做最坏的打算"。

"尽最大的努力"是很好理解的，很多人从小到大都一直被灌输要努力要奋斗，要尽全力不让自己后悔之类的话。但这句话无法回答例如"万一方向是错的怎么办"这类问题，因此"尽最大的努力"并不是这句话的重点。

"做最坏的打算"，这后半句话差不多是我快三十的时候才恍然领悟到的，这种领悟必然伴随着付出很大的代价，却让我受益匪浅。它很好地回答了"我们所做的事情万一没有结果怎么办"这个问题：如果你已经做好了最坏的打算，能接受最差的结果，那么你就尽最大努力去做。

多年前我来北京的时候，还处于一个懵懂的状态，当时自己获得了一点微小的成功，银行卡里有一些积蓄，难免有一些飘飘然。我来北京时对于自己要做什么其实没有太多的计划，包括后来的创业也几乎没给自己留后路，导致在很长的一段时间内我几乎没有任何收入，很多信心十足的事情最后也都以失败告终，甚至沦落到生活窘迫交不起房租的地步。

当时我找了很多客观原因，比如对方不讲信用、大环境不好诸如此类的，觉得自己到了这步田地是被别人坑的。但冷静下来仔细想想，其实主要还是自己从一开始就过分自信，压根就没考虑过自己会失败，万一失败了会有怎样的结果。我甚至都没给自己留任何"B计划"，所以根本无法解决自己投入了那么多时间和金钱，万一无法获得回报该如何维持自己的生活这个问题。

所以后来我再做任何决定，跟别人谈任何事，都变得异常谨慎。我开始意识到努力本身并没有错，很多人都和我一样，遇到一件自己认定的事，就会不顾一切地去坚持，抱着不撞南墙不回头的信念。这个态度是没错的，但作为一个成年人，是要考虑后果的，是得给自己留条后路的，只要不是百分之百能成功的事情，根据墨菲定律，都是有失败风险的。如果不能承受失败，不能承担最坏的结果，那这件事情就会变成极其愚蠢的赌博。

之前在网上回答过许多问题，其中问得最多的问题就是关于人生选择，比如想辞掉工作去其他地方发展，想放弃现在的感情，等等，很多人觉得很纠结不知该如何抉择。我反问对方最多的两句话就是："你能接受失败吗？你考虑过最坏的情况吗？"我说，如果这些你都已经想过了，并且做好了承担一切后果的准备，你就完全可以按照自己的想法去做。如果最后事与愿违，我希望你不要把责任推到客观原因上，因为这是你的选择，我希望你从精神到物质上都不要沦落到活不下去的地步，否则就很不值得了。

当我运用这套思维模式之后，我发现许多曾经觉得很困难的人生命题忽然变得简单起来。无论是情感还是事业上，任何或大或小的事情，做之前先抛开你能从中得到什么的想法，千万不要首先幻想成功后的喜悦，而是习惯于先去思考失败的可能性，问自己能否接受失败的结果。如果你得到肯定的答案，那么你就去尽最大的努力，无论最终的结果如何，你都不会让自己后悔。

之前在丽江遇到一个年轻人，他说自己不喜欢现在的生活，特别想放弃工作去旅行。我劝他别这么做，因为我从他的言谈中能够看出，其实他想做的这一切完全是出于冲动，从来没有考虑过花光积蓄之后回到家要怎么继续生活。我发现，现在很多媒体与社交平台给我们灌输了很多太过激进的价值观与生活方式，只是一味地渲染要追求自己所向往的生活，却往往脱离了生活的本质，从不告诉我们该如何去体面且可持续地获得满足感与价值感。

我们必须明白的一点是，安于现状并不可耻，可耻的是连现状都无法维持。搭高楼的前提是地基牢固，倾家荡产甚至借钱去投资和在赌场赌博没有本质区别。请牢记一句话："Always have a plan B."永远有备选的方案，永远别把所有鸡蛋都放在一个篮子里，专业点说叫风险控制，通俗点说叫永远给自己留一条后路。这是对我自己的鞭策，也是给大家的建议，共勉。

自我营销要有限度

　　前段时间我在网上看到一则新闻，是关于一个十六岁的"天才少女"岑某某引发的热议，她的个人简介中除了一张非常标准的两手交叉胸前的站姿照片外，还有如下一段文字：女，十六岁，全球华人青少年领袖学习会创始人，出版《中国青少年经典诗词集》《雷霆战警》正能量小说，出版诗词666首，目前一天能写300首词牌、2000首诗、15000字小说，目前演讲观众最多3000人，宇宙能量品牌创始人……

　　随后我在网上看了她的演讲视频，举手投足的状态、说话的语调方式，像极了传销窝点里的"讲师"。

　　无独有偶，另外一则与之相似的新闻是，一名小学生凭借课题《C10orf67在结直肠癌发生发展中的功能与机制研究》在全国青少年科技创新大赛中获奖。一个小学生竟然能研究如此专业而艰深的课题，实在是让人"甘拜下风"。

这两件事情肯定是相当荒诞的，明眼人都能看出来背后的猫腻出在家长身上。之前还刷到过一条微博，大致是说一名家长抱怨自己孩子的小学入学申请竟然被拒了，而自己的孩子在幼儿园期间就能熟读四大名著，掌握了一万多个英语单词，还会写小说，等等。

我不太想评论这些家长为了孩子的前途而虚报夸大的行为，这不是教育的问题，而是风气的问题，有什么样的风气必然会催生什么样的现象。其实这种夸大、"画大饼"的现象早就出现在生活中了，从某些微商的朋友圈，大致就能看到这种现象：先别管能力怎么样，你得先给自己树立一个看似厉害的形象，才有机会给别人灌"迷魂汤"。

两年前在大理，我在大冰的店里遇到两个游客，看起来特别有"范儿"。他们和我聊了一会儿，知道我是大冰的朋友之后，其中一个人立刻起身和我非常正式地握手，说自己跟大冰"神交多年"，希望能和他见面聊聊，谈一谈深度的合作，另一人也跟着附和。

我有些尴尬，告诉他大冰现在不在，然而对方不肯放弃，非要加我微信，我只好同意。晚上回去我看了一下他的资料，突然感觉有些失望。

除了标准的双手交叉胸前的站姿照片外，个人资料上赫然写着"央视签约主持人，中国首席内训师，魅力策划商学院创始人，国家高级拓展培训师，中国家居建材营销特级讲师，中国最具实战价值营销大师，中国家居建材行业导师，中国家居建材行业资深营销专家……"

当看到第一条"央视签约主持人"时，我就受不了了。我百思不得其解，不明白他怎么敢给自己贴这样的标签，这在网上一查不就露馅了吗？难道是央视某个员工举办婚礼他去当司仪，从此就自封了一个"央视签约主持人"？

网上曾经流传着这样一句话：不要相信任何一个两手交叉在胸前的亚洲人。这句话并不是歧视亚洲人，只是对曾经币圈乱象的一个调侃，有媒体注意到亚洲区块链项目里，那些专门收割"韭菜"的人，都喜欢做一个动作，就是双手交叉胸前，像极了一把大剪刀，向投资者挥舞着。

而这个姿势，也经常能在那些喜欢自诩"牛人"的人的朋友圈里见到。其实稍微有点社会阅历的人都知道，一个人越喜欢炫耀什么，越想让别人看见什么，其实他就越缺失什么。我有幸认识一些有一定社会地位的人，他们做人做事都很低调，也很真实，比那些西装笔挺、满脸假笑的人靠谱多了。

就连微博认证也是如此，凡是说自己是"知名作家"的，基本没有几个出过书，一些真正的大作家的微博认证都很少在"作家"前面加"知名"两个字。另外标榜自己是"诗人"的人更不要相信，连十六岁的学生都能"每天写 2000 首诗"，还有什么是不能捏造的？

有的朋友时常跟我说，现在这个时代，懂得自我营销很重要，一些没什么能力的人靠吹牛都能赚到钱。我觉得不尽然，自我营销得建立在自身有一定"干货"的基础上，纯粹靠空手套白狼的方式，到头来也只能吸引另外的骗子来共建"乌托邦"。精明和浮夸是两回事，你可以在米其林餐厅把一碗鸡肉卖到很高的价格，但不能因为鸡有恐龙的部分基因就把吃剩的骨头卖给博物馆。凡事都该有个限度，不然只会让人觉得可笑。

尽量不要相信那些对你亲口诉说自己身份有多高贵、成就有多辉煌的人，值得信赖的信息往往来自外部的评价。武侠小说里真正的"大神"不是在后山的洞里，就是在少林寺扫地，那些上来就自我夸耀的人，基本上"盒饭"都领得极快，还"死"得不怎么体面。

感谢你看到这里，本文来自"90 后知名作家""成人童话模式创始人""当代最具影响力短篇小说家""小说创作学院首席名誉导师""写作研究协会高级专家"陈谌先生。

遗忘比死亡更可怕

前几天偶然看到腾讯微博即将停运的新闻，除了有几分感慨外，还引发了我的一些思考。

作为新浪微博的一个老用户，我基本上没有用过腾讯微博，这种心情却和几年前听说人人网即将停运时莫名相似。作为人人网最早的一批用户之一，我有一个非常活跃且人气不错的账号，不仅在上面发表过两百多篇文章，还上传了几百张照片。这个账号几乎完整记录了我大学四年的生活点滴和创作，老朋友们的过往与曾经的人生感慨也都留在了上面。

在听说它即将停运的消息后，除了一些文章和照片我可以保存到电脑里之外，剩余的东西真的只能听天由命，任其消失在茫茫的互联网荒漠里了。当时我在上面留下了这样一段话：这片废墟，依然有"孤魂野鬼"在徘徊，那些"枉死"的青春年华、诗酒风月，恍然如梦。如果有些事情注定不会再发生，那就相忘于江湖吧，我们的青春终将落幕，愿各自安好。

好在人人网最后还是"活"了下来，虽然那些老朋友终究没有归来，还好这些痕迹被保留了下来，变成了一个刻着青春岁月的遗址。只是不知道它还能"苟延残喘"多久，也不知它会在未来哪一天不可逆转地迎来彻底的消亡。

于是我在想，腾讯微博上是否也有着某些人过往时光里的快乐悲伤，甚至包括一些已经逝去的人，他们曾留下的痕迹，随着它的关停，就这么悄无声息地永远烟消云散了。

我很喜欢一个视频作者，他是做游戏编年史的，因而不可避免地要在互联网上做一些文化的"考古"。他在一期视频中提到，现在想要获得十年前的一些资料已经非常困难了，一些视频网站倒闭了，贴吧论坛里的很多帖子也随着时间的推移被删除或因为服务器问题丢失了。

关于"互联网考古"这个话题，他提出了一个令人震惊却也相当合理的推测：许多年后当人类回溯二十一世纪时，会发现几乎是一片空白，这个时代虽然所有的存储介质看上去都更高效更便捷，但也在更为迅速而了无踪迹地灰飞烟灭。

这些现象，对我这种怀旧且同样喜欢做文化考据的人来说，无疑很令人痛心，有时候你都怀疑自己回忆里的这些东西是否真的存在过。

我相信这个并不乐观的推测。在不远的未来，或许一百年以后，那时候的人们对于我们现在的生活可能会感到相当陌生，因为我们越来越依赖这种一直在快速更新迭代，并且随时会消失的介质。

因此，直到现在我依然相信纸质书的价值，不仅仅是个人阅读习惯的原因，还在于它对信息的保护与传承比起互联网技术更加令我有安全感。文化的价值在于延续性和传播性，相较于那些断电、消磁、进水、密码错误甚至磕碰就可能产生数据损坏的高科技产物而言，或许时间对那些在实体物品上留下的痕迹更加宽容一些。

比起对死亡的恐惧，我更害怕的是被遗忘。我真的不想某天自己忽然离开了这个世界，关于我的一切快乐、悲伤和所思所想，都丢失在锁屏的手机里、报废的优盘里，以及那些迟早会关闭停运的网站上。

从"功利性"思维出发

几个月前我被送错了一次外卖，外卖员把我和另一个人的地址弄反了，最后他又帮我多送了一份餐。他因此损失了好几十块钱，等于他这一整天的工作都白做了，所以他说希望我能补给他十块钱。

我联系到了那个同样被送错餐的人，跟他相互吐槽了一会儿，也算是交了个朋友。他同样也觉得没什么大不了的，出于善意我们俩都给外卖员补了钱。

事后回想起来，我感觉挺不舒服的。作为消费者，我俩的餐没有被及时送到，而且还被送错了，这全部是外卖员的责任。从原则上来说，我们没有投诉他就不错了，到头来还要给他钱，这种做法是很愚蠢的，而且这在某种意义上降低了犯错的成本，不利于外卖行业提升服务水平。

如果从做人的基本素养上来看，不应该去为难一个外卖员。当时那么热的天气，他辛辛苦苦干这一天也只能赚几十块钱，这一个错误等于让他一天白忙活了。即使我们每人都补他一点钱，他这一天依然还是亏本的状态。而且他又补给了我一份餐，相当于我从商品价值上还赚了。既然对我来说补他一点钱不算什么，出于个人善意给他一点帮助不是应该的吗？不管这是不是他的责任，假如我能够帮到他，他今后也许会更加努力工作，或者也会主动去帮助别人。

其实这是一个悖论，之前《奇葩说》上有一期节目辩论过类似的话题，总结起来就是：人在处理问题的时候究竟应该从道德层面出发还是从规则本身出发。

很多时候，我们在讨论一个问题时，都会忽略事物的这种两面性。有的人倾向于说规则，有的人倾向于说感受，这本身都是没有错的，但是脱离任何一方面去谈另一方面，甚至单方面攻击另一种倾向都是很不明智的。因为人类社会很复杂，人也很复杂，一些事情是没有绝对的是非对错可言的，只有一个经过权衡后相对合理的解决方式，我把它称为"功利性"。

例如这件送错外卖的事，从规则上来说，我和外卖员之间的关系很简单，我花钱订外卖，其中一部分钱是餐厅做食物的费用，另一部分钱是外卖员给我送餐的费用。一旦外卖员的服务过程出了问题，外卖员的钱必然是拿不到了，送错了餐相当于餐厅要重做，这部分损失肯定也得外卖员承担，这是规则和契约规定的，人人都要遵守。

但从实际结果上来看，我花同样的钱买到了两份外卖，一份是我自己点的，还有一份相当于外卖员自己掏钱请我吃的，只是稍微晚了一些，但这一切的代价是一个外卖员一天辛苦的工资换来的。从道德层面上来看，这确实有点太不人道了，在吃外卖的时候，我的良心难免会痛。

有的人可能会问：既然是送反了，外卖员再跑两趟把两份餐换回来不就可以了吗？这完全是不现实的，首先这么热的天气要考虑食物本身保质的问题，送来送去变质了怎么办？而且食物这种东西，已经送到另一个人手上了，再送回你手上你还会吃吗？

因此"功利性"地考虑了很久，当时我确实应该给外卖员补钱，不仅仅是因为外卖员着实辛苦，更多的是因为我享受到了规则带给我的额外福利，让外卖员全额埋单从良心上也过意不去。这是以一个好人的身份促使人与人之间产生更多的善意。但有的人会认为在给完钱后仍然应该点个投诉，让他受到一些警示，这是从规则上出发的举动，以一个消费者的身份来促进行业的服务改善。

之所以现在一些人的戾气很重，其实大部分都源于这两种情绪的对立。一些人非常喜欢谈论"规则"，一旦获得任何与"规则"有关的信息，就恨不得用规则的条条框框把你压死；还有一些人则喜欢大谈所谓的"道德"，用各种人性情感去审判你，给人一种"我弱我有理"的感觉。

所以"功利性"思维的好处在于，能时刻用道德对规则利益既得者进行敲打，告诉他们规则之外尚有人情，也得给别人留条路，与人有路于己有退；同时也能用规则去约束另一部分人，告诉他们照章办事，即便你值得同情，但别滥用别人的同情，别人没义务帮你，你才是那个该为自己负责任的人。

这种思维方式或许是一种能让人与人相处得更为舒服的方式。打一个不太恰当的比喻，一个学生为了得高分让病重的母亲开心而在期末考试中作弊了，一个好老师会给他零分告诉他什么是原则，这样对其他没有作弊的同学是一种公平。但这位老师同时也会瞒着这个学生的母亲，甚至亲自掏钱帮他付补考的费用，这是赞同他对母亲的关心，同时也是出于一个普通人的善意。

当然这只是我个人的一点浅薄的观点，我写这篇文章的目的在于希望大家都能够保持理性思考，在面对问题的时候多看到其相反的一面，而不是盲目地去打压异己，并且一定要意识到自己的思维盲区。

越无知的人越自负

之前在网上有一个很有趣的事件，讲的是一个高中生宣称自己证明了"哥德巴赫猜想"，并将在不久后公布自己的证明过程。

当时这件事引发了很大的关注与讨论。反对者认为这纯属天方夜谭，大概率是一次炒作或乌龙事件，但也有支持者认为他这种精神可嘉，不要急着去打击否定他，万一他真的是个天才并且成功证明了呢？

他后来所发布的证明仅仅用了两页纸，草草地写了几十行不知所以然的公式，很快就被具有专业知识的网友指出了其中的错误逻辑，并得出结论：别说成功证明了，甚至连严谨的数学证明都算不上。

事实上这样的新闻在网上层出不穷。作为一个常年逛"民科"贴吧的人，我时常能看到诸多的"民间大神"。所谓"民科"，是自称民间科学爱好者的一类群体的简称，区别于广义上的科学爱好者和非官方科学家，本质上是幻想着不需要学习研究，只凭借胡思乱想、拉帮结派就推翻科学大厦的"妄人科学家"。他们学历水平不高，却喜欢对一些高深的理论问题做研究，不是声称证明了某个百年未解的数学猜想，就是表示推翻了牛顿三大定律与爱因斯坦的相对论，甚至能发明各种"永动机"。不接受也不了解严谨的科学实验，是"民科"与真正的科学爱好者之间的根本区别。

专业的科学工作者多对"民科"持否定态度，科学理论并非空中楼阁，需要经得起严密的论证，必须得有理论框架和大量反复的实验。我记得有一个很好笑的故事是，中科院门口常年有很多"民科"前来拜访，说要见专家阐述自己的"研究理论"。后来实在没办法了，就让保安给一切有此来意的人发一份简单的试卷，上面有最基础的数学或物理题目，只有答对的人才能放进来。结果竟然是几乎没有人能成功过了保安这一关。

回到开头高中生的那个话题，我从一开始就对他不抱任何希望，因为想要证明"哥德巴赫猜想"，需要有非常高阶的数学理论和数学方法，那么多数学家经过如此漫长的时间，仍然解决不了，而凭借一个高中生的知识储备，这无异于学过几年电焊就想造宇宙飞船登月一般。科学是不相信奇迹的，很多人误以为每一个行业都能够出天才，可以不靠努力，仅仅靠天赋和突然的灵感就能达到某个惊人的高度，获得不可思议的成就。也许在像音乐和绘画这样的艺术领域，可能有这种情况发生，但对严谨的科学而言，这是完全不可能发生的事情。

这说到底是一种侥幸心理，大多数"民科"往往希望一举解决某个重大的科学问题，试图推翻某个著名的科学理论，或者致力于建立某种庞大的理论体系，但不接受也不了解严谨的科学实验，也不进行基本的学术交流，最后往往陷入自我麻痹与自我封闭，无限接近一种偏执与臆想的状态。

关于"民科"的例子有很多，大多数都和理论物理或者数学有关。于是有网友提出疑问：为什么他们很少研究化学？底下的评论道出了真相：因为化学实验结果不会惯着他们，该爆炸的肯定会爆炸。

不得不承认的是，如今很多人开始变得越来越浮躁，越发急功近利地认为一切成功都可以速成，可以不经过太多的努力，靠一点灵感和运气就能实现。他们极度缺乏自我认知的能力，并且始终处于一种无知的状态。钻研一门学问，你就会发现，学得越多，越发觉自己是无知的。很多学理科的朋友，高中时都觉得自己特别厉害，可到了大学，他们才发现前方的道路是多么遥远而漫长。例如有人本科选学了化学，但四年时间也只是学到了其中一个分支材料学的基础，到硕士乃至博士，才能接触到层次稍微高一些的理论，最后终其一生去研究某一种特定材料的特性与应用。也许这一生的努力，只是为了研究出某种仪器中一个很小的零件。

这就是知识的广博与人的渺小的鲜明对比，任何事物只要钻研，就会发现自己的不足，就会发现自己与真正能称为"大神"的前辈们的差距。避免做井底之蛙的最好方式，就是放下自负和偏执，老老实实地去学习去进步，才能产生谦卑与敬畏之心。很多时候你看到一些大师很谦逊，并不是他们假装出来的，而是真正潜入深海，知晓了海底的广阔与深不可测后，才磨砺出来的气质。

　　所以，当你觉得自己还不错，已经"行了"的时候，冷静下来想一想，可能是自己还没往深处走。也许到了"我觉得自己还远远不够"的那天，你才真正算是在某个领域达到了一定的层次。

辑 五

人与人之间不需要太多真相

很多时候人对于一个故事念念不忘，

并不在于这个故事的精彩程度和意义大小，

而在于它始终没有说出的那个部分。

请认真对待与你有关的一切

~~~~~~~~~~~~~~~~~~~~~~~

一

前几天晚上我跟我妈打电话的时候，我跟她说我被分在策划研究中心了，然后她就很奇怪地问我道："这是干吗的？"

我想了半天然后告诉她："我也不知道。"

她"哦"了一声接着问我道："那有没有前途啊？"

我努力挤出一个别扭的表情说："我想应该是有吧。"

此时我一边漫无目的地拿脚尖蹭着地板，一边下意识地摸了摸口袋里的烟，因为在回答类似比较暧昧的问题时，抽烟向来是我最好的防卫，例如"你真的爱我吗""你准备什么时候结婚""你这收入是税前还是税后"等。

但我最终还是没有选择把它掏出来，因为印象里这两天广州的空气质量似乎又是轻度污染。我默默地想，不如就别污染大气环境了吧，虽然我对这座城市暂时还没有什么感情。

二

我住的地方在广州市中心的一个软件园边上，17楼，视野很好，但是丝毫没有令我感到开心，因为目及之处只有大马路和大楼。我时常想，如果这是在厦门，我应该可以看见鼓浪屿，看见海，看见一对对白鹭从天空中飞过，这不禁让我有几分伤感。

和我一起住的几个朋友经常安慰我，这里好歹是软件园附近，而不是工业园附近，不然你连天都看不见。他们这么一说反倒让我更加伤感，作为一个误入IT行业的文科生，我觉得这段时间所承受的，虽不是本可以预料的，却也是本可以逃避的。要不是自己当时鬼迷心窍，去做一个什么游戏策划，现在待在小城市里做个老师什么的，干点清闲文艺的工作，也不算负了这大好的春光。

不过这些心情纯属吐槽着玩儿而已，生活说到底其实就是一个学着去习惯，与此同时又不断与习惯抗争的过程。我经常安慰自己，广州其实是一个不错的城市，比如这里有很多好吃的，有很多很懂吃的人。尽管传言广东人什么都吃，但只要他们"不吃外地人"，在我心里都只是淳朴而可爱的吃货而已。

和我一起住的除了两个策划同事，还有两个运营同事。我对这两个运营同事又爱又恨，恨是因为他们下班比我们早，爱是因为他们的晚饭总是吃不完，他们下班时总会把剩下的几份给我们带回来。然而最近这种又爱又恨变成了纯粹的恨，因为这俩家伙轮岗去了，不仅下班丝毫没有迟，晚饭也再不给我们带了，于是我们三个策划经常要半夜饿着肚子灰溜溜地跑出去觅食。

搞运营的两个人都不错，其中一个长得清秀，声音温柔动人，我觉得他绝对是个做客服的料，去了运营部实在是浪费。另一个天天以体验游戏为由跟公司申请充值游戏元宝，然后屁颠屁颠地跑来跟我们炫耀他的元宝多得都不知道该怎么花。

其实这些运营"渣渣"并不懂策划们的痛，就像白天不懂夜的黑。打个形象的比喻，如果游戏是个孩子，那么策划们就是爸爸，负责用想法把美工和程序"肚子搞大"，最后十月怀胎生出个娃来，而这些搞运营的不过是扮演保姆的角色，为了游戏生出来后能够健康成长。正所谓可怜天下父母心，他们怎会知道当爹妈的痛苦，我们还在加班"生孩子"的时候，他们已经下班回家吃夜宵了。

不过运营们好歹不会给策划添乱，这是我非常欣慰的一点。曾经那段给我们送饭的时光，让我知道策划与运营之间虽然表面上彼此都看不起对方，但依然还是能产生革命友谊的。但这个统一战线联盟最终还是在这个三月的尾巴崩塌掉了。

三

上周培训结束的时候，策划班的瓜娃子们都进了不同的工作室，我其中一个舍友去了手游部做手机网游，另一个去了"忍者猫"工作室做儿童游戏，而我被分在了一个叫"策划研究中心"的地方——听起来很厉害，却不知道到底做什么的神秘部门。

事实上，我每天的工作除了玩游戏，玩更多的游戏，一次性开五六个窗口玩游戏以外，没有其他任何内容。我左边坐着两个剧情策划，他们每天研究游戏剧情；我右边坐着两个数值策划，他们每天忙着算游戏里的伤害公式；而我作为一个定位不明的"××策划"，只能夹在中间自己跟自己玩，然后试图去发掘一套自己的游戏理论。

我们部门的老大就坐在我的对面，他的电脑显示器比我的要大一个尺寸，所以我无法看见他的表情，也不知道他每天在做些什么，但我隐隐可以隔着屏幕嗅出他内心的迷茫来。作为一个刚成立的，还在努力为自己找事儿做的部门的领导，老大应该会倍感压力。

好在我们部门人并不多，只有九个人，使得老大还能在 RTX 上饶有兴致地问我们周末要不要组织个小活动玩儿一下。但是很快就有数值策划指出，我们这个人数，打 DOTA 或者 LOL 少一个人，玩三国杀或者打麻将凑两桌多一个人，实在是有些尴尬，于是大家最终只能选择聚餐。我默默地想，其实吃饭的确是个最实在的方式了，咱都把游戏当工作了，好不容易放个假就别再把工作当游戏了，不然生活该是多么令人绝望啊！

之前有人会很羡慕我的工作，觉得打游戏还能赚钱，真是好工作。但我认为这并不绝对，当你把你喜欢的事情当成工作后，就再也无法从中体会到乐趣了。事实上我经常在公司玩游戏玩到睡着，然后回到宿舍再玩一会儿自己的游戏，好像厨子在餐厅炒了一天菜，回家再给自己偷偷煮碗粥喝似的。

因此我经常安慰我妈，虽然我的工作是游戏，但我是绝对不会沉迷

辑
五

游戏的，就像一个好演员即使台上再入戏，也总能在幕落妆卸后出戏。而这丝毫不影响我去用心工作，去做一款好游戏。其实干哪一行都一样，工作真是个太过于独特的东西，以至于一旦它和你生活的其他部分扯上了关系，就将变成一个巨大的麻烦。

所以我有理由相信，公司规章制度里"禁止办公室恋情"这一条也是在表达相同的意思，虽然这对我而言基本上是概率为零的事情。因为漂亮女孩大多在美工部门，但美工恰恰是最恨策划的人，因为我们总是给她们制造工作量，因此她们愿意跟我们交流就已经万幸了，至于谈恋爱，呵呵，别开玩笑了。

四

这段时间我时常在想，游戏玩家究竟是一种怎样的生物呢？

记得上培训课的时候，一个老师就给我们讲，当时有一个人提着一袋钱直接冲进客服部，说他在游戏里吃了亏，要客服马上给他充钱好让他挽回面子。起初我以为这只是个笑话，直到我从运营那边拿过来几张充值记录表一看，才知道这不是个玩笑，而是真实发生的事情。

事实上，一款再普通不过的页游，每个服务器中都会有付费玩家，他们的充值记录看得我下巴能掉到地上。有的一天之内每笔十几万连充七八次，几乎是用广州市中心一套房子的价格来换游戏中的一个数值。以我的价值观，我想我短期内似乎很难接受这样的一个换算，即便我就是干这一行的，并且靠这些不差钱的玩家养活。

每当我站在阳台上望着四周林立的高楼时，除了思考大气污染以及全球气候变暖的问题外，也曾想过这个城市、这个世界所包含的所有矛盾与虚幻。这里有像我一样等待着有一套属于自己的房子、有一个家的人，也有因一时冲动、兴奋甚至愤怒，随手将几十万上百万砸入游戏中的人。我们共同存在于这个城市里，彼此交错却又彼此陌生，勾勒出了一幅盘根错节却又色彩斑斓的浮世绘。

或许这个世界上本来就没有什么值得不值得吧，无论是虚拟世界，还是现实世界，每个人都有自己所期待所看重的东西，也有自己的焦虑与迷惑。我想起之前老师给我们说的关于游戏的定义：参与者学习并遵守特定规则，可以继续存在下去并与其他参与者比较出优劣的特定世界，过程既快乐又痛苦。这样一句简单的定义莫名令我沉默了良久。

说到底，现实世界终归也只是一场游戏而已。

于是我渐渐学着不再去质疑自己所做的一切的价值，就像我妈不再问我"这是正经行业吗，能当饭吃吗"一样，事物的存在总有它的意义所在，而我们也总要寻找到自己所努力所付出的价值所在。这是一个太过复杂的命题，我目前尚未有一个确切的答案，但我可以确信的是，我已然在那条路上了。

就写这么多吧，晚安广州。

少一些庸人自扰的追问

我是一个很喜欢琢磨的人，因此大多数东西我都会试着去学一学，并且要求自己做得比其他人要好一些。例如高中的时候学过一段时间的三阶魔方，当时一到晚上就坐在桌子前记公式练速度，直到现在我依然能在很短的时间内还原，马马虎虎可以拿出来唬人。

至于魔术，我从小就很喜欢，从一开始的扑克牌魔术到后来的一些随时随地就能变的街头魔术，我试着去研究过许多次。直到现在依然非常拿手并且效果还算惊人的魔术，是把烟灰变到对方的手心里。

这个魔术，非常简单，大学的时候跟朋友出来玩，我经常在抽着烟聊天的过程中就把这个魔术给变了。正是因为很简单，效果才会非常震撼，我不得不承认这是一个撩妹非常厉害的魔术，可以让女孩瞬间对你另眼相看。

然而每次变完这个魔术都会遇到一个问题，就是他们往往非得让你说出这魔术的原理，缠着你问到底是怎么变的。这个时候我都会很为难，因为这个魔术的原理实在太过简单，一讲出来对方肯定会有上当受骗的感觉，立马破坏掉之前铺垫的那种美好氛围。这不是魔术本身的意义，也不是我变这个魔术的初衷。

很多人可能都很热衷于魔术的揭秘，我的看法是，除非你是真心实意想学，并且保证自己能学会学好，否则不要去看任何魔术的揭秘。因为魔术本来就是假的，大多数魔术的原理都简单到让你想骂人，而且有些魔术即使把原理告诉你，你也不一定能学会，只会降低你对这门艺术的期待值，减弱你欣赏事物美好一面的能力。

就好比这个烟灰的魔术，变它只要一分钟，学会可能只要半分钟，但我基本不会教给任何人。因为虽然它简单，但你要想变出效果来要经过反反复复的思考与练习，掌握变它的时机，并且要很会聊天，要知道怎么应对可能发生的突发情况。绝大多数人只想要获得让观众心动的结果，却忽视了在这个过程中需要付出的准备与思考。

明眼的小伙伴可能已经看出来了，我貌似是在讲魔术，实际上是想借这个话题讲讲别的。当我经历了一些事情以后，忽然意识到人与人之间其实也像魔术一样，很多时候，我们并不需要知道那么多完整的真相。也许因为好奇，也许因为不甘心，我们总喜欢刨根问底地追究一些东西，试图得到什么合理的解释与答案，殊不知很多事情不是你明白缘由就能解决的。

就像我会给你变这个魔术，必然是有些小私心在里面的，想让你觉得我很厉害，让你在那几分钟里对我有很多崇敬与仰慕，等等。如果你非得追根究底，明白这个魔术的原理，你可能会在瞬间感到失望，觉得我也没那么厉害，就是想欺骗你。然而除去那些小心思，我只不过想拉进一点与你之间的距离罢了，为何非要破坏这个由一个小谎言营造起来的美好气氛呢？

更何况你可曾知道，我为了博你一笑，默默练习与准备了那么长时间。

之前网上有一个段子，大概是这么说的，加菲猫有一次走丢了，它的主人在宠物店找到它，但它永远都不会问主人那天为什么会走进宠物店。这是一个颇有深意的段子，很多人可能会从加菲猫主人的角度去解读，觉得他辜负了加菲猫，想要养个新的宠物，因此才会在宠物店和它相遇。

我却倾向于从加菲猫的角度去看，我认为加菲猫是明智的，有些事情如果结局是好的，何必追求其动机呢？如果它想要去较这个真，那么一辈子都会活在这种疑问与阴影之中。它只要不去过问，或者选择相信主人就是来找它的，那么它反而会活得轻松而释然。

还有一个故事源于经典美剧《老友记》，莫妮卡和钱德勒原本是好朋友，他们在罗斯的婚礼上发生了一夜情，随后产生了感情，最后走入了婚姻的殿堂。然而在一次感恩节，莫妮卡无意说出那天晚上心情很差的她原本是想去找另一个好朋友乔伊共度春宵的，只是钱德勒阴差阳错地在乔伊的房间，才有了后续的这些发展。

钱德勒知道了这个故事以后自然非常难过，甚至当场直接摔门走了，莫妮卡最后对他说的一句话让我印象深刻："我一开始去找谁并不重要，重要的是幸好出现在那里的人是你。如果不是这样，我也不会像现在那么幸福。"

钱德勒最后选择了和解，因为他明白对一些事情多余的追究是毫无意义的，他们的感情一开始或许是上天的一场并无恶意的玩笑，你既然爱上了猫屎咖啡的味道，何必自寻烦恼，去思考它是从何而来的呢？

因此在最后，我希望你们都能够享受魔术带来的那几分钟的震撼，感恩现在你所拥有的一切，放弃那些庸人自扰式的追问，忘掉那些过错和不被原谅的青春。

辑
五

天才的前提是兴趣

我在网上看了一篇很火的文章，叫作《奥数天才坠落之后》，大致讲了一个曾经的奥数天才获得无数荣誉并保送北大后，最终因沉迷游戏导致挂科无法毕业,后来淡出学术界成为一名普通师范院校老师的历程。

我不评价这篇文章的观点和态度，我单纯只想聊一聊奥数这个东西存在的意义。

其实奥数这种形式，我读小学的时候还没那么火热，老师并没有硬性要求过，也没什么人补习。依稀只记得当时为代表学校参加比赛，全年级选拔过一次、每个班挑了几个成绩不错的学生在一间教室里做奥数题。

结果我在考场里坐了一个小时得了个零分，真的是一道题目都不会做，从此彻底与"天才"二字无缘。

不过我的数学成绩一向都还行，虽然不是很有天赋，但应付考试的题目还是绰绰有余的，高考文科数学最终考了 139 分。

说来你们可能不信，我初中的时候曾获得过奥林匹克竞赛奖，居然还是全市化学奥林匹克竞赛的三等奖。当时全校就两人获奖，在学校门口放了个大红榜，这让我很长一段时间都仰着鼻孔上化学课。

可到了高中，我化学学得一塌糊涂，尤其学有机化学时，上课简直就像在听天书。分班前最后一次期末考试，我告诉自己，如果这次化学能及格我就去念理科。上天似乎冥冥之中听到了我的祈求，给了我一个"完美"的 89 分，满分是 150 分，刚好差 1 分及格，于是才有了后来的读英语系的我。

那张化学奥赛的奖状至今还在我家挂着，看上去像是个羞辱一般。

说了这么多，似乎有那么一点点跑题，但是从另一个角度说明，奥林匹克学科竞赛这东西的存在似乎有些尴尬，很多获奖的人，最终并没有成为这个领域的佼佼者，这里面的原因值得我们深思。

我个人理解的奥数，以及其他学科的奥林匹克竞赛，并不适合大多数人，它不是靠"学"出来的，而是真的需要很强的天赋。我为了写这篇文章，特意去网上找了很多小学的奥数题目来做，我相信大多数成年人大概都很难做出来。

比如这一题：一个整数有 2016 位，将这个整数的各个位上的数字相加，再将得到的整数各个位上的数字相加，则最后这个和数可能的最大值是多少？

我想大多数人大概连理解题目都有点困难吧，要知道这可是小学三、四年级组的题目，最终答案是 36。我也是算了很久才想出原理，一开始还算错了。

这道题我理解的解法是：2016 位的整数，各个位上的数的和最大是 18144（2016 个 9），最小是 1（1 后面 2015 个 0），在 1~18144 这个区间里所有位上的数加起来和最大的无疑是 9999，所以答案是 36。

可以看出，做出这样的题目除了需要提取事物本质的思维能力，去繁求简的巧劲，还需要一点想象力，所以可以理解当时还在上小学的我为什么会得零分。一般的孩子刚学会加减乘除，能把四则运算算对就不错了，你指望他去想象一个 2016 位的整数，真是太恐怖了。

做了一圈下来，我发现其实大多数奥数的题目都是类似的，里面用到的数学知识基本都是那个年级学过的，有些难题略微有些超纲，比如解二元一次方程什么的，但它要求的思维方式很高级，有那么点脑筋急转弯的意思，但比脑筋急转弯更加严谨。

当然，奥数题或许可以靠后天训练和刷题来提高，好比面试时候做的那个什么智商测验行测题一样，做多了你自己都找到套路了，可天赋直接影响了你做题的速度和准确率。

我个人认为奥数本来就是用来选拔数学天才的，这批孩子选出来并不单是为了拿金牌的，而是为了将来他们能在数学领域继续深造，并做出研究与贡献的。但是国内的奥数氛围，每个孩子不管你喜不喜欢、有没有天赋，都去上奥数补习班，一段时间以来把这个搞成一种升学手段、一个为学校长脸的工具，实在是有点不健康，这后果就是给没天赋的孩子徒增负担，有天赋的孩子变为比赛机器，把数学本身的乐趣都搞没了。

所以，奥数天才的坠落在我看来是意料之外却也在情理之中。当时还年少的他是真的喜欢数学，还是喜欢数学带来的荣誉与光环？周遭的人是羡慕他的天赋，还是他所获得的赞誉与优惠政策？他的才能最终被正确引导并着重培养了吗？

　　然而无论天才坠不坠落，更多普通孩子依然在受着奥数的"折磨"。

　　要知道，学校里所学习的数学，是工具，它广泛应用于每个人一生的日常生活之中，而奥数里的数学，更像是游戏，适合高端玩家，仅仅交给喜欢又有能力的人就好了。其他所有奥林匹克的意义都在于此，赛场留给顶尖玩家，运动与思维的乐趣留给普罗大众，重要的是参与感与快乐感，而不在于多少块金牌。

　　我虽然不研究数学，但是依然能感受到数学的魅力，在离开学校很多年后，渐渐发现拓扑学、概率论等分支相当令人着迷。

　　总之，假如奥数哪天能成为学生们主动去研究学习的东西，那它才真的算是成功了，哥德巴赫猜想的彻底解决指日可待。

辑
五

和蠢人较劲，是对自己的惩罚

耐不住毕业前的躁动与无聊，我养成了半夜在走廊和人抽烟聊天的习惯。有一次我偶然发现隔壁寝室的四个男生一人买了一个 zippo 打火机，我虽然也抽烟，但用的都是一块钱一个偶尔死活打不着偶尔却能烧到头发的便宜货，因此对这种高端大气上档次的东西心存敬畏与好奇，便借来把玩了一番。

我打着了后问一哥们儿："这玩意儿防风吗？"

他点点头道："嗯，zippo 打火机都是防风的。"

然后我"呼"的一口气就把火给吹灭了，然后得意扬扬地把打火机在他前面晃了晃道："你看，不防风吧。"

他淡淡地说了句："防风，但不防蠢人。"

当时虽然被周围一票人给笑了半天，但我自己也忍不住跟着笑了很久。倒不是我缺心眼听不懂好歹话或者是喜欢被人称作蠢人，而是我觉得这个说法真心很赞，光从这句回答本身的机智程度来看就足够给好评了，无论这个所指的对象是不是我，我都觉得很享受。

后来有天我和一个朋友聊天的时候，他跟我说起他之前的一个经历。他之前在学校的学生会里工作，因为工作问题以及一些个人的矛盾，他和一个同学关系搞得很僵，但他一直都处处让着那个同学，反倒是那个同学处处刁难他，还想方设法排挤孤立他。终于有一天他觉得待不下去了，选择主动退出学生会，临走前他特意约了那个同学出来，给他道歉说之前都是自己的不对，希望他能够原谅自己。

我听完后忍不住骂他实在是戾："整件事情你并没有做错什么，到头来不仅是你退出，还去给那个伤害你的人道歉，是不是哪根筋搭错了？"他只是淡淡地告诉我："有些事情冤冤相报何时了，我本来也没想争什么，既然一山不容二虎不如我就退一步呗。我给他道歉其实是想告诉他，我不是一个喜欢认输的人，但对于没品的对手以及没意义的争斗，我就把这种满足感施舍给你可怜的虚荣心好了。"

他的这个回答再次让我想起了前些天在走廊里听到的那句话。作为zippo打火机，既然你标榜你是防风的，那就难免会有人用各种奇怪的方式来验证你究竟是不是能防风，能防什么样的风，也肯定会有人在弄灭你以后耀武扬威地向旁人炫耀他的胜利以及你的无能。然而这时候的你，是满腔怒火要和那个人一争高下，给他灌输所谓的防风的标准是什么，还是努力改变自己，让自己变得不仅能防各种阴风台风龙卷风，还能防水防盗防诈骗呢？我觉得与其去和傻子较劲，不如放自己一条生路，告诉他对不起，这个打火机让他失望了，希望他能够找到更适合自己的点烟方式，无论是用火柴、煤气灶还是氧气切割机。

我越发觉得这是一个累心的年代，记得之前有人因为我转载的一张图片，声称要发微博让广大网民一起声讨我。当时我还愚蠢地写了一条很长的状态来解释缘由，声明自己的立场，生怕自己被狂热的粉丝们"人肉"出来挂在墙上晒成腊肉条。现在想想，无论是在网上和人吵个面红耳赤，还是急于在各种流言蜚语前证明自己的清白，都是一种自寻烦恼且自讨没趣的行为，还容易把自己的情商与智商拉低。

既然你愿意站得高，愿意把自己的想法拿出来分享，那么难免就会被人看到你的弱点，被人揣测或是针对。我想绝大多数人都咽不下这口气，也受不了这个委屈，然而为了变得更强大，很多时候我们需要这样的修炼，直到所有的质疑和否定相比起你的强大都变得微不足道的那一天。

好吧，我终于还是用我最讨厌的文体写完了这篇文章，就为了这句最初用来形容我却让我爱得不行的一句话。

"防风，但不防蠢人。"愿各位共勉。

素未谋面的对手

有人问我以前有没有参加过新概念作文比赛，我说没有，他问为什么，我说我当时迂腐得很，根本没什么新概念可言。

不过我确实参加过一次了不起的作文比赛，说它了不起，不是因为它规模有多么大，水平有多么高，奖励有多丰厚，而是战况异常激烈，激烈到让我今天回忆起来，依然能哭湿几条毛巾的程度。

这个故事的开始大概是这样的，初中时我写了一篇作文，这篇作文写的内容我已然想不起来了，我们语文老师看完之后，不禁拍掌叫好，还在班里当众朗读了一遍。

课后她把我叫到办公室去，很语重心长地拍了拍我瘦弱的肩膀，说希望我代表学校参加一个全市的作文比赛，就用这篇文章。当时我激动的呀，差点就要跳起来。

然后语文老师告诉我，这次的比赛规则是，把作文上传到一个网站，大赛的评委到时候会在所有作文中评选出获奖的。这让我有点为难，毕竟十多年前我家里还没有网络，那时网吧都才兴起没几年，我只能拜托我妈拿到她单位去帮我上传，用的还是 3.5 英寸软盘（估计知道 3.5 英寸软盘的同志现在都已经是孩子的爹妈了吧）。

看到这里很多人要说了，这个作文比赛没限题目，也没当场写，就随便拿篇写过的作文传上网就完了，这到底激烈在什么地方？然而你们都错了，一开始我也以为这比赛就是一个买彩票等待开奖的过程，没想到我妈回来以后跟我说，这作文传上去以后会统一出现在一个网页上，每个人都能点进去看所有人的文章，而且文章会依照点击量来排序。

我心想这可要了命了，这个点击量难道会影响比赛的结果？第二天我去找语文老师求证，她扶了扶眼镜，觉得这个肯定有影响，还说："你想啊，评委看文章怎么看，当然从网站第一页第一篇开始看，先看的肯定有优势啊，看到后面肯定都审美疲劳了，而且点击量最高的文章也从侧面说明写得好，不然怎么有那么多人看，对不对？"

我用力地点了点头。

她又用力拍了拍我瘦弱的肩膀，说你努努力，每天没事上去点一下，把点击量刷上去。

于是我回到家和我妈说了这个事儿，我妈当然很支持我，第二天上班就帮我刷点击量去了。她告诉我这网站有个漏洞，不用一次次地点，直接打开我的文章摁住 F5 键就行，大概一分钟能刷好几百的点击量。

我心里这才舒了一口气，心想这次比赛的大奖绝对非我莫属了，因为当其他人都才区区几十点击量的时候，我已然在第三天刷到了好几万，简直一骑绝尘，真是每天做梦都会笑，心想其他初中生毕竟还是太年轻了啊。

正当我已经准备好领奖时的发言稿时，"前线"传来坏消息。我妈告诉我有一篇文章异军突起，一夜之间刷到了十几万的点击量，远远超过了我。我心里那叫一个气啊，心想难道这项绝密的"F5黑科技"也被其他人掌控了吗？而且看对方这个速度，一定不是用一台电脑在刷，简直丧心病狂啊。

一定是手动刷的，那个时候网上并没有什么辅助软件工具，也不存在黑客的因素，毕竟区区一个作文比赛怎么轮得到黑客出场啊，还是个初中作文比赛，要真有这么个没追求的黑客我也认了。

于是第二天我又跑去找了我的语文老师。她很严肃地拍了拍桌子，说："这可有点儿麻烦，看来对方也是冲着这个比赛的一等奖来的，咱们不能输给他，你回去让你妈每天接着刷，我再帮你想想办法。"

没想到接下来的语文课上，她忽然非常认真地和全班同学说，今晚给大家留个作业，回去以后有网络的同学帮陈谌同学刷一下访问量，然后班上所有人都把目光聚集在了我的身上，眼神里写满了嘲讽、不屑甚至愤怒，你们能想象到当时我有多尴尬吗？我以为有什么好办法，居然是让全班同学来帮我刷，还说是作业，这不是存心想让我以后在班里混不下去吗？

但是为了比赛的胜利，我也顾不得那么多了，还厚着脸皮去找其他班的朋友帮忙。我妈也没闲着，不仅自己在单位里八小时不间断刷票，还动员她同事也来帮忙一起刷票。我妈和我说，这个"F5大法"其实也有一个漏洞，不能老摁住它不动，否则网页会卡死，因此她无法找个石头帮我压着，只能用手摁一下再抬起来一下。

我很感动，心想亲妈果然还是亲妈，在单位不知疲惫地刷着，摁多少次不说，还要冒着被领导骂的风险，我到时候一定要把领奖词里的"感谢学校"改成"感谢亲妈"。

　　在动员一切力量后，我在接下来的几天内把访问量刷到了一百多万。当然另外那个家伙也没闲着，我俩不相上下，因此你们想象一下当时的壮观场面：当一个同样也参加了作文比赛的小伙伴怀着一股小期待，登录到网页上想看看自己的文章究竟有几百访问量的时候，他猛然发现置顶的两篇文章都已经超过了百万的访问量，远远碾轧第三名几千倍，这对他的心灵乃至写作生涯究竟会造成怎样的阴影，我真的不得而知。

　　距离比赛结果出来的日子越来越近了，我们家的刷票工作也进入了最紧张的冲刺阶段。最后几天我和另外那人的访问量一直交替领跑，难分伯仲，但我妈显然已经有些支撑不住了。她说，不然就拿个第二也挺好的，为什么非得争第一呢，对不对？

　　然而说归说，毕竟都刷了这么久了，最后时刻放弃实在是太不值得了，于是我妈单位里那台电脑的 F5 还在承受着自它被生产出来以来受到的最大限度的折磨。我心想这个世间应该再也不会有比那个 F5 更惨的 F5 了吧，这真是自人类发明键盘以来的第一惨案。

　　不过这个故事的结尾大家应该早就猜到了，最后别说第二名，我连个安慰奖都没有捞到，这个比赛本身压根就和点击量没有半点关系，这不过是我们的一个误会罢了。

　　而且这件事后来成了一个巨大的笑柄，让我在同学还有朋友面前感到无地自容，因为他们中的很多人也帮我刷过票。我甚至在所有 F5 面前都抬不起头来，每次看到它们好像都在嘲笑我："你当年狂摁了我兄弟那么久到底为了个啥？"

　　唯一令我感到欣慰的是，另外那个人同样也什么奖都没捞到，让我觉得这个世界并不孤独，每当你在做蠢事的时候，总有人相伴。话说回来，如果不是这家伙，我可能刷到一万也就罢了，但他的执着让我们之间变成了一场比谁蠢得更有毅力的游戏，可见这世间可怕的不是犯蠢，而是以比赛的形式来犯蠢。

　　时隔多年后，我依然会想起那个素未谋面的对手，或许她是个姑娘，或许也是个单纯的小男孩。如果有机会，我想请他（她）吃顿饭，当面问一问他当时的心路历程：到底动员了多少人，用了多少台电脑，摁坏了多少个 F5 键，等等。

　　总之，在我这辈子参加过的为数不多的作文比赛中，这一次给了我最多的人生感悟。直到现在，每当有人让我帮忙投票刷赞什么的时候，我都会在心里默默地骂一句：

　　"你们都赶紧给我滚！"

情感是人类最大的武器

看到柯洁 0 : 3 负于 AlphaGo（阿尔法围棋），于是想聊聊关于人工智能的事情。

其实柯洁输给 AlphaGo 我一点都不惊讶，甚至不觉得这是一件多大的事情。有人说假如机器在围棋领域无敌了，人类是否还有继续下棋的必要，我认为这是多余的担心。虽然 AlphaGo 下围棋的方式决定了它相对于人类具有无可比拟的胜率，但围棋作为一个游戏，或者说是一门艺术，它存在的意义并不仅仅在于胜负。

在这里我首先要科普两个重要的问题，一个是为什么 AlphaGo 选择了围棋，另一个是 AlphaGo 究竟是如何下围棋的。

很多人可能不太了解围棋。我小时候跟我爸学过一段时间的围棋，它的基本规则特别简单，简而言之就是在有限的空间抢占尽可能多的地盘，一方将另一方包围后不留"气"时就能将对方的棋子提掉，看似简单的规则背后却蕴含着非常复杂的战术与套路。

　　拿其他棋类游戏为例，你在每个回合的选择是很有限的，然而在围棋 19×19 的棋盘上，理论上每个回合的选择，可以下在除了已经被落子的其他任意区域，并且在提子后产生的空白区域也能够重新落子，这导致围棋局面的变化数量是非常可怕的。如果穷尽一局围棋的所有落子可能性，这个数字要比可观测宇宙内所有原子数的总和还要大得多。

　　这就是为什么最初人工智能能够在五子棋、国际象棋上赢过人类，但在围棋上找不到方向，因为围棋不是一个通过单纯的计算就能产生最优解的游戏。计算机相对于人类的优势就在于快速准确而高效的运算能力，大不了直接把所有可能性都列出来，可围棋的可能性并不能被计算机全部预测，这是一个难点。

　　另外围棋的获胜方式是以计算双方"目数"，也就是比较有效地盘的大小来决定的，这就导致了棋手每个回合都要通过预估场上局面优劣来决定下一步究竟是攻还是守，策略要根据场上局势随时调整。"你走一步它已经算到后面几十步了"这种套路已经不管用了，这是对于计算机的另一个难点。

　　以往人工智能更多的是用很"机器"的方式来赢人类，比如二进制算法高速计算大数平方开方，计算圆周率小数点后面几亿位，这是计算机天生的优势，它被发明出来就是干这些的，你要跟它比这些甚至赢不了地摊上十块钱买的计算器。而在围棋这个游戏里，机器想要赢人类必须要以更接近人类的思维方式去工作才可能奏效，一旦在围棋上战胜了人类中的顶尖高手，就证明了人工智能未来能够胜任更多只有人类才能完成的工作。

那么现在说说 AlphaGo 是怎么下围棋的。刚才说到围棋每一手的判断和策略都很重要，对计算机而言，判断场上的局势简直太容易了，一个职业九段棋手到中后期都会在计算双方目前的目数上产生失误，而计算机不仅算得快还算得准，在这点上它已经完胜人类了。

那么在落子策略上，AlphaGo 采用的是计算评分价值与胜率的方式，比如我走在这个地方胜率是 72%，走在那个地方的胜率是 81%，评分价值更高，那么显而易见应该走在 81% 的地方。

这个胜率与评分价值的产生来源于 AlphaGo 最厉害的地方：它的自我学习更新能力。例如在它刚刚诞生的时候，显然第一手走在所有地方的胜率都是一样的，当它通过反复在网上与人对弈，甚至与自己对弈的过程中，必然会产生一个很大的数据，进行的盘数越多这个数据就会越准确，很明显一开始走在最角落的胜率是零，那从今往后它就不会再走这步棋。随着时间的推移，它会将所有胜率低的臭棋都从每回合的判断中直接去除掉，这就"进化"成了更加高效而高胜率的人工智能。

所以，身为人类如何跟 AlphaGo 比？先不提人类会判断失误，会有状态起伏，会有疲劳，人的学习能力也是极度有限的。职业棋手在某些关键时刻的落子凭借的是自己的经验，甚至还有一点点灵光乍现，可在人工智能眼里，棋盘上分布的都是精确到数字的胜率值。一个棋手一生能下多少盘棋？人工智能一天下的盘数比你一辈子下的都多，而且人家下完根本不会忘掉，全都记录在数据库里呢。对我们普通人而言，要比记忆能力甚至都比不上自己家里的优盘，一本书你全背下来要花很长很长时间，而且还会记错，优盘精确到标点符号，不到一秒钟就拷贝成功了。

因此归根结底，柯洁输给 AlphaGo 一点都不奇怪，也不丢人，这只是一个很值得关注的事件,关注点在于我们的思维方式需要开始变化了。柯洁自己都说他这三盘棋下完人生观都变了,因为他自己也意识到人工智能下棋的方式太不同寻常了,机器开始用人类的方式去做事了,并且运用自己天生的优势把人类碾轧得很难受。人类是否也应该反过来借鉴一些机器的思维模式,并利用自身的优势去做事呢?这或许会产生包括围棋在内的很多领域的技术革命。

现在我想说说一个很多人担心的问题:如果人工智能在很多领域完胜了人类,人类是否还有努力的必要?例如,我听说人工智能除了能下围棋,还会搞创作了,写歌写小说样样精通,那以后还要作曲家和作家干什么。一旦人工智能在这些领域获得了足够的学习能力,它能做得非常完美,比如它可以通过分析你的听歌数据,你最爱的歌的旋律特点,给你量身定做一首你绝对会喜欢的歌,因为它能从概率上计算出下一段旋律该怎么写你会喜欢,想想这是不是一件有点可怕的事情?

对此我的看法是,人终归有一些东西是机器无法取代的。我先给大家说一个最基础的东西,为什么现在的人工智能依然停留在弱人工智能阶段,一些在我们人类做起来非常简单甚至完全依靠本能的事情,机器做起来会那么难?例如验证码,不过是扭曲的数字和字母,机器就看不懂。再比如,随便拿一张卡通画,判断上面的图案是猫还是狗,三岁小孩都能辨认出来,机器同样做不到,至少在短期内,技术层面取得突破真的太难了,因为这是人类的种族天赋,与生俱来的抽象判断能力。

同样地,人类是有情感的,你喜欢一个人难道是用概率计算出来的吗?尽管也许能用大数据从外貌、性格、喜好等信息里计算出你可能喜欢一个人的概率不到百分之一,但也许仅仅因为他的一句话、一个动作,甚至某次意外事件，你就深深爱上他了。这就是仅仅属于人类的变量，人类世界的大多数事物不是用胜负去判断的。你喜欢一首歌、一篇文章，也许在冰冷的数据分析面前，它与你的喜好是很不匹配的，但或许仅仅是因为它曾是你某个深爱的人生前的最爱。

所以我在某种程度上赞同马云的话，机器下棋厉害，那又怎样，它从不下臭棋，把下棋本身的乐趣都弄没了。人类世界中很多有趣的东西恰恰是反常理反逻辑的，这也是艺术、情感以及其他许多"浪漫主义"事物的来源。古人以棋会友，对棋的下法会从自然界的大好河山中产生灵感，如今机器眼中只有胜负和冰冷的概率。那天比赛中，AlphaGo 可能通过计算对方胜率不到百分之一，于是逼迫古力认输，但在古力眼里胜负并不重要，他脑子里可能正在享受这个坚持到最后的过程，这就是围棋以及很多事物的魅力所在。

因此，尽管 AlphaGo 是人工智能的一个里程碑，它预示着未来机器对人类社会可能产生的冲击，但只要人工智能不是人，它依然只是人类的工具。对于强人工智能以及超人工智能的实现，我不敢妄下断言，但在这一天到来前，人类依旧可以维持自己在感性上的尊严，毕竟机器从来都是结果主义与功利主义的，当人工智能开始谈论道德的时候，或许才是我们真正应该感到恐惧的一天。

"主人，为了您的安全，请开启自动驾驶，否则您的生命安全将受到威胁。根据各项数据统计，您本次驾驶的死亡率为百分之一。"

"去你的吧，我今天心情好，就想去山上兜兜风。"

如果岁月可回头

　　昨晚做了一个很长很长的梦，梦里我和一个从来都没有存在过的姑娘谈了一场唯美的柏拉图式恋爱。可惜我连她的手都还没有牵到就醒了，睁眼一看已经中午十二点了，猛然想起今天是一月三十一日，掰着指头一算，那件事情不知不觉已经过去了七个年头。

　　七年前的今天应该是大年初三，我和家人报了个一日游的团一起去福州周边郊游爬山。我是个懒人，当时被老妈拖去玩还有些不太愿意，觉得还不如在家打打游戏来得有意思。坐了一个小时左右的车到了地方后，我一路小跑去上了个厕所，当我提着裤子从厕所出来的时候，我看到了有生以来最难忘的一个画面。从对面的女厕所里走出来一个姑娘，我第一眼看到她就被她的气质给深深吸引了，然后我就这样手放在拉链上看着人家。我很庆幸在那个过程中，她始终没有朝这边看过，不然我估计也没有后来的故事了。

其实关于这样的一幕，很多人会把它归结为一见钟情或者情窦初开之类的东西，现在回想起来，我觉得并不是这么回事。这甚至和青春期、荷尔蒙之类的生理名词没有半点关系，一见钟情这玩意儿我向来是不信的。当时我单纯只是觉得那个画面很美而已，尽管那个地方的确挑得有些不合时宜，或许恰巧是因为上过景区厕所见过满眼秽物后的第一眼便是这姑娘，才把她衬托得如此超凡脱俗。

言归正传，那天的旅程从那一刻开始就立即变成了少年陈谌的奇幻之旅。一路上我的目光始终都没有离开过那姑娘，她的举手投足、一颦一蹙全都映在我的眼中，然而当时还羞涩的少男不知该如何去和她搭讪。于是我做了一件非常具有前瞻性但在当时却显得荒唐无比的事，那就是——和她妈妈聊天。于是整个剧情立马就在此反转了，一路上我和她妈妈聊得很开心，但是和那姑娘一句话也说不上，她偶尔也会看我一眼然后冲着我笑，可是我不知道这是不是在向我示好。总之，一直到旅途快要结束的时候，我也依然只能在一旁默默看着那姑娘，然后言不由衷地和她妈妈有一搭没一搭地聊着。

最后返程的时候，出现了一个天赐良机。因为来的时候我和她并不是在一辆大巴车上，所以我直到下车上完厕所才发现她的存在。于是当时我灵机一动，回去的时候默默跟着她上了同一辆车，还坐在了她旁边。正当我满心欢喜地想和她说第一句话的时候，我妈在这个时候突然出现在了车窗外，她很诧异地看了我一眼道："你怎么在这里，一直找不到你，你一个人坐这辆车干吗，我们一家都在另一辆车上呢。"

你们能想象我当时难过的内心吗？我甚至都没来得及跟她解释我目前的处境。于是我只好一边在内心冲着我妈嘶吼，一边硬着头皮看了一眼那姑娘，装作并不是冲她来的样子，很轻松却僵硬地笑了一下，说了句"噢好吧"，然后努力维持潇洒的步履头也不回地下车了。结果回到另一辆车后，差点让我吐血的是，同行的舅舅舅妈看到我之后和我妈说，既然人家都坐好了，何必麻烦让他过来，反正都是回去的，坐哪辆车不一样。

正所谓"风萧萧兮易水寒，壮士一去兮不复还"，当时的感觉不仅仅是悲壮，更多的是凄凉与无奈。我很矜持地笑笑然后坐到了位置上，但已经没人听得到我内心快要响彻云霄的咆哮声了。如果让我代替张飞站到当年的长坂桥上，那估计吓死的就不是一两个人那么简单了。后来的归途我感到了从未有过的疲惫感，我一个人把头埋到大腿间一句话也不想说，就像是个委屈的小学生。我脑海里想着如果刚才我妈没有那么多事的话，现在估计连 QQ 号都已经问到了。我心里真是悔恨交加，也感叹命运弄人。

到终点时我下车环顾了一圈，只看到她从另一辆车下车，然后头也不回地走远了。我就那样看着那个背影一点一点地变小，最后消失不见，眼神里写满了哀怨。从此以后我再也没有见过这姑娘，我甚至不知道她的名字、她的年龄、她的喜好，直到终有一天我忘记了她的样子。为此我在家里闷闷不乐地躺了很多天，想了很多的事情，也问了自己很多个如果。如果自己一开始就大胆一些去找她说话，如果我妈来找我的时候我厚着脸皮赖着不下车，那结局会不会有所不同呢？我很难过自己就这样被命运开了一次玩笑，也难过自己或许此生再也见不到这个姑娘了。

从此往后的每一年，我都会在一月三十一号这天条件反射般地想起这个姑娘，转眼一晃七年过去了，我竟依然记得这件事情，虽然她的模样我早已忘却。我在想，这样一件现在说起来可能有些喜剧色彩的故事，为什么会变成我人生的一个情结呢？几年前，我甚至会上网搜索一下这姑娘的信息，试图从别人日志里的游记中找出一些线索，还会偶尔神经质地跑去当时她离开的那个方向望着那里发呆，等等。而也正是从那时候开始，我隐约觉得我妈是我情感中的灾星，以至于现在我妈给我介绍对象让我去相亲，我都会想也不想地拒绝……这些影响听起来也许很可笑，但却是真实存在的。

我在想，或许很多时候人对于一个故事念念不忘，并不在于这个故事的精彩程度和意义大小，而在于它始终没有说出的那个部分。我后来七年的情感经历，远比这一天所发生的故事要曲折、夸张得多。我也遇见过更漂亮的姑娘，也有过更浪漫的经历，但那些都和这个姑娘给我的意义不同。其实现在想来，即使我当时和她认识了，要到了她的 QQ 号，也不见得会和她发展到什么地步。当时我只有十六岁，还没上高一，智商上尚属可圈可点，但感情上就是个白痴，加上当时学习又忙，我和她就算能成为朋友，但多年后也许也会变成 QQ 里万年不亮的陌生人。这个剧情无论如何发展都让我完全看不到有任何美满结局的机会。

就像迟到一分钟没赶上飞机与睡过一小时醒来后发现误机了给人的感觉差异一般，有时候差一点得到，比完全没有机会的失去更让人魂牵梦绕与难以释怀。我后来那段时间最放不下的点其实全集中在自己当时因一念之差失去的那些机会，比如我如果事先就和她搭讪，如果我坚持不下车，那后来的那些剧情就不会那么惨淡。我很介意那些被命运藏起来的情节，那些被各种巧合反转的桥段，这感觉就像自己如果早出门两分钟就能赶上飞机一样让人扼腕叹息。事实上，我也知道生活中有些东西该失去的就是失去了，没有那么多如果和假设。

人有时候就是这样的矫情，我就这样把一个素昧平生的姑娘记了七年，从那个发育不完全的年纪一直记到了法定婚龄都过了。或许这姑娘现在都已经嫁人了吧，她会不会记得曾经有过这样一个奇怪的人呢？其实我更想知道当时她看着我灰溜溜下车的背影时是怎样的表情和心情，我真希望我当时背后能长双眼睛，不然也不会让这故事就这样变成一个永远的悬案了。

总之，我想表达的东西有些模糊不清，如果你愿意把倒数四五段当作这篇文章的中心，那你的语文阅读理解题应该会做得不错。但我个人更愿意把这篇文章当作一个男孩年少时的萌动来读，里面有青涩有遗憾，有许多回不去的青葱岁月，还有一个靠不住的老妈友情客串。我想这是个好故事，至少对我自己而言如是，值得我多年之后再细细品味。

我就这样和一个不存在的姑娘"谈了七年的恋爱"，今天是我们的"纪念日"，却是我一个人的七年之痒。

"瓦坎还王"的比赛

人到中年，发福是一件很可怕、很容易的事情，因为代谢没有年轻时那么旺盛了，想当初我在大学天天吃吃喝喝，也不怎么运动，依然小腹平坦。现在年近三十，真的是喝水都会胖，比大学时重了快二十斤，臃肿油腻，走在街上连狗都不愿多瞅我一眼。

所以我最近一直在试图节食减肥，晚餐只吃水果，这段时间才勉强瘦了五六斤，可谓初见成效，我终于感到几丝欣慰，仿佛梦回只长了一个下巴的青春年华。

当然今天这个故事不是来跟大家探讨减肥心得的，而是想说说如今不喜外出的我居然曾经也参加过运动会，比的还是一千五百米这个听起来并不轻松的项目。

这个事情要追溯到 2006 年，算起来已经过去十几年了。那年我十六岁，刚上高一，来到一个新集体，急需找到一点存在感与认同感，年少轻狂的我似乎找错了方式，居然去报名了一年一届马上要举办的校运动会。

要知道那时我虽然不胖，平时踢踢球什么的，可跑步这种完全拼硬实力的项目压根就不适合我这种从来没练过的人，四百米的跑道得跑将近四圈，对一个高中生来说得兼具强大的耐力与爆发力才行。

当然我会报这个项目其实还因为另外一个人，他姓王，是我从小的好朋友，高一时跟我分在了一个班，直到现在还是我在北京的伙伴。最近看了《复仇者联盟3》，他给自己换了一个很幼稚的名字叫"瓦坎达王"。

瓦坎达王当时也报了一千五百米这个项目，正是在他的怂恿和鼓励下，我才更加坚定了要去跑这个项目的决心。因为从表面看起来，瓦坎达王的身体素质没比我好到哪去。我心想，他都敢跑我有什么不敢的，我俩还约定到时候要并肩作战，不求名次，只求手牵手共同跑过终点线。

也因为听信了他的花言巧语，在运动会开始前我一次也没有练过。直到比赛的那天，当拿着号码牌站在跑道上时，我心里依旧抱着所谓"友谊第一，比赛第二"的天真幻想。

犹记得那是一个有些炎热的夏日午后，跑道上站着来自各个班级的选手，其中一些穿着专业的衣服与跑鞋，显得很有实力。而跑道外则满是摇旗呐喊的女生，这个盛况让一开始还在嘻嘻哈哈的我嗅到了几分紧张。

在等待鸣枪时，我扭头看了一眼站在我旁边的瓦坎达王，这家伙居然摆了一个相当专业的起跑姿势，脸上写满了我从没见过的表情，在我还没来得及从中解读出什么信息并为之异样时，裁判的枪在这一刻毫无征兆地响了起来。

只见瓦坎达王如一支离弦的箭一般冲了出去，我心想，他莫不是疯了吧，以这种速度起跑如何坚持四圈啊，他难道就想领跑一圈然后退出比赛不成？还没等我反应过来，身边的选手也都纷纷冲向前去，我宛如被蝗虫掠过的玉米秆，孤零零地在集团的最后瑟瑟发抖。

　　于是我也不得不加快了脚步，吃力地跟在所有人的最后。跑了三百米左右，我才发现我确实是低估了一千五百米的强度，在如此热的天气用这么快的速度跑，对我这种从没练过也没比过的门外汉而言，体力消耗真的太大了。

　　渐渐地我脱离了大部队，一个人放慢脚步在跑道上开始闲庭信步地四处张望，然后我就看到瓦坎达王的身影出现在了操场的另一边，领先了我将近半圈。我心里很失落，有一种被人抛弃的苦楚，说好了一起并肩享受比赛，你害我信得那么深，却自己跑得那么认真，倒映出我吊在车尾的伤痕。

　　更要命的事还在后面，我一扭头发现领跑的那个人已经渐渐要追上我了！在这种压力下我不由得又加快了脚步，拼了命地往前赶。

　　很不幸的是，在我还差整整一圈完成比赛时，领跑的那个风一般的少年还是追到了我的身后。这个时候终点已经拉起了线，那里站满了人在等待冠军的产生，所以接下来发生的事你们都懂了，我，来自高一12班的陈同学，成为全场第一个撞线的人。

　　那时候的感觉，啧，怎么形容呢？当我经过终点的一瞬间，班上的女生都跳了起来，喊着我的名字，说着"原来陈同学这么厉害"之类的话，甚至已经围过来准备把我当成英雄一般迎回大本营了，这真的是我前几天做梦都在幻想的场景啊！

但是脑子依然十分清醒的我做出了直到现在看来依然很酷的一个决定。我用力挤开人群，用蹒跚的脚步继续朝前奔跑，然后伸出右手朝空中比了一根手指，头也不回地说了一句十分壮烈的话："我还有一圈。"

当然我不是为了耍帅没有回头，而是我真的不敢回头，否则天知道会看到大家怎样的表情。

总之在最后，我还是跑完了全程，成绩是倒数第二，我很庆幸还有一个人比我还弱，为我挽回了几分快要丢失殆尽的尊严。而瓦坎达王则跑进了前八，得到了赛事积分，代替我成为全班的英雄。

坐在角落喝水的我很失落，我不想跟瓦坎达王说话，更不敢面对班上同学的嘲笑，这时候瓦坎达王走过来坐在了我的旁边。

"你骗我，你背叛了我，你以前练过。"我对他说道。

"不，其实我也没跑过，但你记得吗，在初中时，你在放学骑车回家的路上总会经常撞见在街头狂奔的我。"瓦坎达王缓缓地说道。

"印象里好像确实是，这是为什么？"

"当时我喜欢的女生住的地方和我家在相反的方向，每次送完她回家，我都要马上掉转方向跑回自己家以免太晚到家被父母骂，我的长跑就是这么练出来的。"

很多年后，我和瓦坎达王都已渐渐发福，我俩无意中说起了这段经历。如今那个曾经让他奔跑的姑娘两年前嫁人了，生了个漂亮的女儿，他提到这些时，眼神里还是会流露出些许遗憾与感伤。

我和瓦坎达王都记得这些年少时的喜怒哀乐，只是不知道那个姑娘是否记得有个人曾为了她这样努力地奔跑过呢。

唉，岁月啊，就这样吧。

辑 六

爱是一种隐约的成长

好的爱情往往是需要磨合的，需要做出一点妥协，慢慢自我完善，最终达到两个人共同成长的状态，找到一个适合两个人的相处模式。

每个人都需要隐私空间

之前去电影院看了《完美陌生人》，这电影其实已经上映挺久了，不知为何两年之后才进国内院线。由于之前看网上评价不错，所以买了票去看，万万没想到看完真被震撼到了，实在是直指人性阴暗面的好片子。

大致剧情说的是：一群朋友在家聚会，大家决定玩一个游戏，把手机都拿出来放在桌面上，无论收到什么信息都要念出来，接到电话也必须开免提。

一开始大家还满不在乎，渐渐地各种各样不为人知的事情开始暴露在众人面前，出轨的，隐瞒性取向的，背着另一半和网友玩羞耻游戏的，想把婆婆送进养老院的，瞒着老公去丰胸的……最终众人原本彼此看似融洽的关系陷入了彻底的崩溃。

其实这剧情让我回想起很多年前的国产电影《手机》，那个年代的手机还没有那么智能，就已经隐藏了人们生活中的太多秘密，而在这个用手机几乎能做一切事情的年代，这个巴掌大的玩意儿真正成了所有人内心的黑匣子。

看完电影后我朋友问了我一个问题：你会偷偷看你女朋友的手机吗？

这个问题让我陷入了久久的沉思之中，也让我想起了另外一个朋友的经历。他是一个控制欲特别强的人，大三时谈的那个女朋友恰恰是个特别喜欢社交的姑娘。她聪明活泼，很招人喜欢，身边总是不乏各种各样的人，并且她总是忘记回他的信息，于是他极度缺乏安全感。

他后来甚至强行要来了她的社交账号密码，以便能随时监视她到底在和谁聊天。后来她去了台湾交流学习，他更不放心了，他要求每天都要视频聊天，总之用尽各种手段想要把她抓得更紧。

事实上他也看出了很多蛛丝马迹，并且为此跟她吵了不少的架。最后的结局可想而知，她还是和他怀疑的那个人在一起了，然后删掉了他的所有联系方式。

这段往事给他的打击非常大，以至于之后再谈恋爱，他都会直接跟对方说："我绝不会看你手机，你即使让我看我都不看，但我给你这样的自由不是说你可以随便乱来，而是希望你自觉。假如你真有什么，也请拜托你，永远永远都不要让我知道。"

很多人可能会觉得很困惑，为什么他会如此坦然？并非他害怕自己的控制欲会把对方吓跑，而是在某种程度上，他失去了对人性的信任。因为他开始明白每个人都有秘密，都有些见不得人的小心思，他害怕的是看到这些东西，最后伤害的是自己。为了避免被伤害，宁愿选择不去试探，说到底这是一种自我保护的方式。

如果对方确实是个靠谱的人，当然没有任何必要去偷看手机。如果不靠谱，偷看也只是增加了隐瞒的成本，只要对方足够小心，信息删得足够干净，依然不会暴露。

如果你真的爱上了别人，那再怎么做也留不住你，不是吗？

我知道很多人看到这里也许会非常不赞同我的观点，觉得都这样想了，这恋爱谈得还有什么意思，或许正是因为我对人性不抱多少希望，所以才会显得如此悲观吧。

百分之九十的人在恋爱时都有些绝不敢让对方看到的东西，正像《完美陌生人》的结局一样，导演展现了另外一条时间线的剧情。大家没有选择玩那个游戏，最终都抱着彼此的秘密回归到了各自的生活中。那个没有让作为心理医生的妻子治疗，反而找别人做心理辅导的男人，真的不知道自己的妻子和自己的好朋友有些什么见不得人的事吗？或许他只是选择了不去探寻罢了。

也许这也是一种洒脱吧，不再把爱情当作一种占有，不再把对方当作自己的附属品。不得不承认很多人都一样，或多或少都为人性深处的那些恶所累。我不想了解另一面的你，不想为之失望，只奢望你因为爱，也多多少少能为了我，尽可能少地去触碰那些黑暗面。

这大概就是为什么一个人最终选择不再看对方手机的原因吧。

无论恋爱还是婚姻，都是一门极其复杂的学问。很多人用尽一生时间，可能都没有办法学会如何去处理一段长期的关系，最终只能选择与自己和解，去选择性地忽视那些阴暗的角落。

在写下这些文字的时候，我的内心实际上有些怅然，那些发生在周遭朋友身上的事情，无时无刻不让我感到困惑。我们寻寻觅觅，却又如此战战兢兢，最终想要获得的究竟是什么呢？

也许终有一天会遇到这样的一个人吧，我可以永远不看你的手机，你也不看我的手机，彼此心里都如此强烈地坚信，对方无论如何都不会做伤害自己的事情，不会让自己伤心。

这种奢望，这种信仰，大概就是人们对爱情终极的追求吧。

对爱情说"不"的时候请干脆一些

拒绝表白是一种什么样的感受？刚看到这个问题的时候我很惊讶，因为作为一个资深的"主动方"，我哪有什么机会拒绝人家的表白，都是表白被拒绝好吧。但我忽然意识到，被拒绝也有被拒绝的经验，不如就来谈谈表白这件事。

首先，表白被拒绝是很正常的，这个世界上互相喜欢本来就是挺奢侈的一件事情，但在诸多被拒绝的经历里，我不是很喜欢对方为了照顾我的感受，而故意说一些似是而非的话。

比如"我现在还不太想谈恋爱""我觉得我们还不够了解""我还没考虑清楚"，等等。

大多数说出这类话的人，他们的出发点或许是好的，怕说得太直白伤对方自尊，怕太直接对方会生气，或是怕两个人日后会尴尬之类的。

但我始终认为在感情的问题上是容不得半点含糊的,喜欢就是喜欢,不喜欢就是不喜欢。一些话没说清楚，就变成了暧昧，在对方心里留下了种子，很容易让人误以为也许自己还不够努力，表达得不够强烈，对方在欲擒故纵，等等。这种不真实的希望与幻想反而容易在未来带来隐患。

朋友 J 说，他差不多十年前喜欢过一个女生。当时刚上大学，两个人平时一起吃饭聊天，关系还算亲密，当他有天跟她说自己喜欢她时，她给他的回复是"我现在还不想谈恋爱"。

于是他心里默默地想：那没事，我就等到你想谈恋爱的时候吧。

随后她假装什么都没发生过，依然经常和他一起吃饭、上自习，甚至依然会在聊天中跟他说一些暧昧的话。

然而不久之后，他就听说她向他隔壁寝室的一个男生表白了。

这个事情在当时给他的打击很大，他觉得她是个骗子，是个坏女孩。但十年后回头看，他意识到她不过就是把自己当个"备胎"而已，一方面享受着自己对她的喜欢和陪伴，另一方面又可以处于一种自由的无责任的状态，说到底就是没那么喜欢也不怎么讨厌，不如就这么吊着，也没什么损失，对不对？

当然我相信她和大多数人一样，出发点并不坏，毕竟她也没使唤 J，让他做这做那，让他买礼物发红包之类的，单纯就是不想破坏两个人的关系罢了。然而对表白者而言，这种状态其实是一种残忍，他们会反复在心里揣摩对方的想法，会抱有美好的幻想，再一次次地破灭。既然不可能在一起，为什么要浪费彼此的时间呢，对不对？

所以我认为，如果你已经想清楚，明确自己不可能和对方在一起，就应该拿出态度和勇气，直接告诉对方"我们不合适""抱歉我对你没有那方面的想法"。当然如果对方愿意，你们依然可以做普通朋友，但在日后的交往中，一定要注意自己的言辞和两个人的界限感，不要给对方误解的机会。

很多时候赢得尊重的方式，并不是照顾所有人的感受，而是有对不想要的事物说"不"的勇气。

另外有一种情况，如果你态度已经很坚决，但对方始终不放弃，一直骚扰你，我的建议是拉黑，不要回复任何消息。我有个朋友跟我说，自己被一个男生追了很多年，对方总给自己发信息打电话，怎么拒绝他都没用。

我告诉她，你在拒绝他的过程中，其实也是在进行一种交流，对他而言，你拒绝得越多说得越多，他的存在感就越强烈，而且他渐渐就免疫你的话了。最好的方式就是不回复，就算他用任何新号码给你发消息都不要回，你把他晾一段时间，他慢慢就没劲了，不会有人喜欢往一个没有回应的坑里丢石子的。

最后，再给表白者一些建议。

在经历了很多次挫败之后，我开始重新审视表白这件事。我发觉现在大多数的表白太过随意了，不知是喜欢变得廉价，还是表白本身的成本太低了。

我在小说里写过这么一段话："表白这东西不是买彩票，你试着去买，中了就中了，不中就拉倒接着再买，这只是一档余兴节目，只适用于那些本来就互相喜欢又没有说穿的男女之间，好比拳击比赛 KO 对手后裁判举起胜利者的手一般，谁输谁赢早已明了，不过是个增加仪式感的环节罢了。而当众表白则更像是碰瓷，让不明真相的观众来绑架你让你不好意思拒绝，换了哪个女生被自己不喜欢的男生当众表白肯定都得在心里骂娘。"

如果你不想总被拒绝，一定要戒除掉"碰运气式表白"的想法，喜欢一个人很正常，表达自己的喜欢当然也没什么错，但出于对对方的尊重，表白最好是有所铺垫，也有一定基础的。

感情这件事，天时地利人和都很重要。如果你想拥有一段美好的感情，表白仅仅只是个开始，却也是个非常重要的开始。想要收获体面，前提是你也得给对方足够的分寸感，不要刚认识三天就急着和对方表白，更不要明知道对方对你没别的意思还跟人家表白，别把惊吓当成一种浪漫。

总之，祝大家都能少收"好人卡"，早日表白成功吧。

你有权痛苦，但不要沉湎其中

失恋分手这种事情就像重感冒，每时每刻都在这个世界不停地上演，然而这个病难以共情，旁观者与痊愈者都觉得没什么大不了，可对每个正身处其中的人而言，这种痛苦是如此真实而强烈。

从前别人问我这样的问题，我都会直接不留情面地抛下一句："你就当他（她）死了。"这个说法看似敷衍而绝情，实际上非常中肯且有效。对于无法挽回的感情（或任何事），你除了去面对以外，没有任何办法改变。在我们的成长历程中，这是必须要学会的一堂课。

就像人死不能复生一般，如果你和那个人注定不会再有未来与交集了，他（她）对你来说就是个故人。即使是你的亲人，你在失去他时所做的也只能是在悲伤之余继续生活下去，因为他再不会回来，而人生那么长，我们还有太多需要去完成的事。你有权痛苦，但不要沉湎其中。

我把恋爱在某种程度上定义为一种瘾，因此失恋的痛苦也和戒断反应无异。这个病是有病程的，有一个从严重到康复的过程，只不过每个人的时长会有差别，取决于你的经历与耐受力。你不太可能跳过这个阶段，他人对你的帮助也非常有限，但无数的经验证明它一定会痊愈，只要你坚信这一点。

　　我的第一次失恋已经是很多年前的事情了。当时我丝毫没有任何的心理准备，甚至从未想过她可能离开我，以至于我花了相当长的一段时间才算真正走出来。那段时间是刻骨铭心的，我无法入睡，也没有胃口，每天像行尸走肉一般四处游荡，像抓住救命稻草一般找任何一个可能的人倾诉苦水。我一度以为我永远不会好了，事实证明时间是最好的解药，这么多年过去了，我早就痊愈了。

　　那段经历无疑是痛苦的，却也是一笔财富，我把情绪转化为写作的动力，创作了不少作品，也成就了现在所做的事业。而失恋的经验也让我在面对之后的感情波折时有了可借鉴的方法，知道该如何去面对，如何调整自己的心态。可见人都是有足够潜力的，我们应该专注于如何成为一个更好的自己，而不是和过去较劲，否则随着时间的推移，你会懊悔被自己浪费的时光。

　　说到怀念，我觉得并不可耻，但要注意方式和度。你大可以去怀念美好的事物，毕竟一起经历过的，都是有意义并会留下痕迹的，每一段感情的价值在于共同陪伴与成长的过程，而不仅仅在于结果。林宥嘉《神秘嘉宾》里有一句歌词唱得好："鸣谢生命有你参与，笑纳我的邀请。"

我们曾经客串过彼此的人生，这是一种荣幸，但华丽谢幕后，就请把美好留在舞台之上。

你可以怀念他（她），就像怀念一场无法故地重游的旅行一般。你从来不需要删除抑或去否定什么，回忆不会消亡，但不要将它变成负担，记得带着期待继续生活下去。

最后送给大家一句我很喜欢的话："幸福和正义一样，有时候会迟到，但是绝不会缺席。"请相信你曾经历的，你现在所做的一切，终将不会毫无意义。

爱情里，谁都曾是个傻子

我是一个特别早熟的人，爱情在我心中萌芽得比较早，在很小的时候，我就已经开始喜欢同班的一个女孩了。

那个时候的喜欢简单而纯粹，却也拙劣得要命。还记得她是我的第一个前桌，我俩的学号挨着，不知从何时开始渐渐对她有了莫名的好感，总吸引我在上课时忍不住一直偷看她。

后来她就不是我的前桌了，位置移到了我隔壁组的隔壁组，这导致我那段时间脖子总是很僵硬。

男孩子的喜欢总是比女孩子的喜欢来得明显得多，很快我的好朋友都知道了我喜欢这个同学，他们在班上大肆宣传，起哄，让我觉得很尴尬。那个同学自然也觉得非常不爽，因此每次看到我都是一脸嫌弃的表情，还总是很不客气地骂我是"死胖子"。

不过我并不在乎，依然对她保持着极高的关注度与热情。那时的我还小，根本不知道喜欢意味着什么，也从未想过喜欢需要有什么结果，只是被这种感觉推动着去做很多的事情，去关注和她有关的一切。

　　比如我知道她的生日，知道她家的电话和地址，知道她喜欢哪个明星，会去关心她每一次的考试成绩。但我从来不敢跟她说一句话，甚至见到她时都不敢打招呼，做过最大胆的一件事情，可能就是在她过生日时给她点了一首她最喜欢的明星的歌了。

　　后来有一天，网上忽然出现了一个叫作 QQ 的东西，这个聊天软件给了羞涩的我一个很好的契机。拐弯抹角地问到她的 QQ 号后，我申请了我一直用到今天的账号，不过我一直不敢加她，因为我知道她一直很不待见我，生怕被她拒绝了。

　　于是愚蠢的我做了一件现在看来非常丢人的事情，那就是给自己起了一个非常土的网名（不想说是什么了），假装自己是个陌生人加了她，然后跟她说我是我的表弟，以我表弟的口吻跟她说了很多自己的好话，比如"嗯，我表哥其实是个很好的人"等，试图在她那里挽回一点印象分。

　　当然这种糟糕的表演直接就被拆穿了，真的让我羞愧得无地自容。幸好她并没有把我删掉，后来陆陆续续跟我聊过一些无关痛痒的事情，让我可以有机会跟她真正意义上地聊天了。

　　之后我把 QQ 昵称改成了"日光下的回忆"，因为"日光"和"回忆"分别是她名字里两个字的含义，一用就是很多年。我还经常把签名改成一些奇奇怪怪的话。我不知道她是否曾无意看到这一切，不知道同样年少的她心里会做何感想。

一段时间后，班级位置大变动，我的一个朋友搬到了她的后面。我这个朋友特别喜欢和我开玩笑，他知道我喜欢这个姑娘，而且老爱上课看她，所以每次我扭头看那边，他就把头伸到前桌，凑到那姑娘旁边假装问她题目，然后看我抓耳挠腮、气急败坏的表情。

再后来大家毕业升学，虽然还在同一所学校，但分到了不同的班级，这种幼稚的好感也随着青春期的到来渐渐消退了，我和她的故事也就这样不声不响地结束了。

在后来的十多年里，我从最初的笨拙渐渐变得"精明"起来，知道该在什么情况下说什么样的话，知道怎么给自己创造机会，但再也找不回最初的那种感觉了。

我怀念这种喜欢，并非只是怀念当年单纯的自己，而是随着年龄的增长，"喜欢"被掺杂进了太多的东西。我会渴望自己的付出得到同等的回报，我会评估和对方究竟有没有结果，我会因为求之不得而夜不能寐，所谓"喜欢"其实变成了一种负担。

人是一种奇怪的动物，你会变得越来越复杂，无法返璞归真，就好像每个人的身体里都有"熵"在作怪一般，"熵增"的过程是永远不可逆的。因此现在每次看到那些笨拙到有些可笑的喜欢、欲言又止的谈话、渺小又易碎的自尊心，自己在微笑之余都会感到几分心疼，仿佛在他们身上看到了当年的那个自己。

我和那个姑娘并没有后续，直到现在我依然有她的联系方式，但我们没有说过一句话。

而在很多很多年后，我那个坐在她后面的朋友却告诉了我一个故事。

他说他当年为了气我，煞有介事地给那个姑娘写过一封情书，放在了她的抽屉里。原本以为这只是个恶作剧，万万没想到她最后竟然回了他一封信，说她也喜欢他，只是她现在想以学业为重。他看到回信后，就把信给撕掉了，怕我伤心，还一直瞒了我很多年。

听完后，我只是淡淡地笑了笑，所有想说的话很快就随着思绪飘散到风里了。

毕竟在喜欢这件事上，谁曾经不是像个傻子一样呢？

表达自己是需要勇气的

如何在恋爱中有效沟通？为了回答这个问题，先说一下什么叫"无效沟通"。

首先虚构一个这样的故事。

男孩周末带着女孩出去吃饭，路上两个人聊天，男孩无意提起自己一个女性朋友挺好看的。女孩一开始有点不开心，又觉得这点小事不至于发脾气，但路上回想起男朋友刚才描述时的表情，不禁越想越气，于是吃饭的时候就有点沉默。男孩不知道女朋友怎么回事，以为是对饭菜不满意，便问女孩怎么回事。女孩嘴上说没什么，但看男朋友还是不理解自己，更加不爽了。

晚上回到家，男孩自顾自去玩游戏了。女孩一个人生闷气，想喊男孩陪她看剧，男孩一直说等一下，女孩便过去把男朋友手机抢了。男孩输了游戏还被抢了手机，一下子就生气了，两个人大吵一架，女孩说："你觉得我不好你去找你那个女性朋友啊，反正她那么漂亮。"

男孩心想，闹了半天原来是因为这个事儿跟我吵架。

这个故事谈过恋爱的小伙伴应该都觉得很熟悉，这个问题究竟谁对谁错，其实也不好说，因为起因本来就是一件很小的事情，但这个过程中的沟通基本是无效的。大家通过"摆脸色""试探""生闷气"等方式来表达，试图获得对方的理解，这几乎是不可能的事情。

我常说，恋爱关系中的坦诚是很难的，这种坦诚不仅仅局限于大是大非上的坦诚，比如"我不爱你了""我有某方面缺陷""我认识你之前做过一些不该做的事情"，而在于一些细枝末节的情绪的坦诚。很多时候，你觉得一件小事不值一提，比如对方说的一句什么话让你觉得有点不爽，对方的一个什么行为没做到位，你怕说出来太较真了，不好意思开口，但情绪是会发酵的，会变成种子在你的心里长成一棵绕不过去的大树。

而在未来的某个节点，你的这个心结被某个事件引爆了，你提出来反而会给对方很大的困惑，觉得你这人怎么这么喜欢翻旧账呢，而且可能压根不记得自己做过这件事。

所以刚才那个故事，我倾向的做法是，一开始女孩就可以说："我觉得你当着我的面夸别的女孩子不太合适，我会觉得有点不开心。"即使一开始没说，吃饭时也可以提一下。而对于男孩子，察觉到女朋友情绪不对劲，就应该说："我是不是说错、做错什么了？没关系，你可以告诉我，不用怕，我不会介意的。"

很多人也许会说，这也太麻烦了吧，谈个恋爱还要这样也太累了。

但据我观察，百分之八十的争吵和矛盾都是源于"无效沟通"，何况恋爱本来就是件麻烦的事情，好的关系更是需要经营和磨合。如果恋爱不需要自我成长和学习，那这个世界上就不会有那么多悲情的爱情故事了。

许多人都在试图寻找一个善解人意、心有灵犀的伴侣，但这件事儿在我这里有两个方面：一方面我对所谓的"灵魂伴侣"一直持悲观的态度，另一方面我自己本也不是个多善解人意的人，去要求对方完美有点太理想主义了，而且即使再体贴的人，也不可能知晓你任何细微的情绪变化。人本质都是自私的，彼此信息是不对称的，除非双方都神经大条，那或许是另一种令人舒适的亲密关系。

我觉得除了恋爱关系以外，表达自己在人与人之间的大部分关系中都可以适用，无论是家人还是朋友，有什么就说能减少很多沟通成本。也许你会怕别人觉得自己矫情、较真，而对你有别样的看法，这取决于你提出想法的时机和方式。随着年龄的增长，我越发觉得表达自己是需要勇气的，也是非常难能可贵的品质。

何为"有效沟通"，就是适当合理地表达自己的诉求。这听起来简单，做起来真的很难，但你必须明白，作为一个成年人，不可能像孩子那样通过撒泼打滚哭闹的方式去和这个世界沟通。有些事，你不说出口，不说清楚，就不可能指望别人能够理解，并给你积极的反馈。

最后，想要"有效沟通"，我们同时也需要成为一个好的倾听者，美国著名人际关系学大师戴尔·卡耐基曾说过："做一个好听众，鼓励别人说说他们自己。"除了表达自己以外，试着给对方表达的空间与机会，试着去理解对方的出发点，也是非常重要的一环。

我最近听到的一句非常受用的话是："很多时候不要听对方说了什么，而是去想他为什么这么说。"当你把这句话运用到实际生活中时，你会发现你听到的一些话都不是对方的本意，而是想要获取你的关心或者获得重视。

总之，无论是在恋爱中，还是在其他关系中，沟通都是一门高深的学问，想要获得舒适的亲密关系，我们每个人需要的成长还很多。

爱是某个瞬间

前段时间，我朋友问我究竟什么是爱情。

这个问题让我一度陷入迷茫，虽然也有过恋爱经历，但对于爱情的定义始终无法参透，随着年龄的增长有越发悲观的趋势。后来我索性把它归类为"瘾"，一种并不稳定的化学反应，或许这是一种自我安慰的方式，却能让我在面对一些得失时更加坦然。

回想起来，虽说我的初恋是在十九岁，但那懵懂或许根本就不叫爱情。严格意义上来说，第一次真正的爱情是发生在二十一岁。我永远也无法忘却十月的那个夜晚，我和她一起参加吉他协会的活动，我俩一起坐在草坪上听着歌。厦门的天气已没有那么炎热，她刚洗完澡，扎着头发，穿着白色的T恤坐在我的左边，空气中弥漫着青草与沐浴露的味道，我转头看了一眼她的侧脸，然后知道自己爱上了她。

这是一个简单的画面，却被我铭记至今，这一瞬间给我的冲击甚至超过了第一次牵她的手。无论我俩最后以怎样的方式分开，无论已经过去了多少年，也不曾破坏我对这个瞬间的美好印象。

这是怎样的一种感觉呢？我的心跳加速，呼吸变得急促，眼前的一切都开始变得柔软而有了颜色。我内心开始有了渴望，同时也有了恐慌与焦虑。我想要拥她入怀，却害怕同时也拥抱了失去的可能性。我想听到她的声音，将它精致地包裹起来，装进每一个不确定的明天里。

这或许是爱情最好的时候，在它刚刚发生，就这么不确定地慌乱着、无措着，并且丝毫不用担心失去的时候。

后来在2011年秋天的圣诞节，我和她一同坐在女生宿舍园区门口的一棵树下。看着远处喧闹的圣诞晚会，她问我，假如明年真的是世界末日了怎么办？我笑着说，有什么关系，至少我俩可以牵着手，一起看世界毁灭。

然而世界末日最终并没有到来，她也没有留在我的身边。

时隔多年后想起她，我早已没有了快乐或是悲伤的情绪，可那些关于爱情的感受，依然丝毫没有黯淡。于是我发觉尽管爱情本质上是个挺缥缈脆弱的东西，却在记忆中如果实般坚实而饱满，在每个夏末秋初的午夜掷地有声，甜蜜与钝痛都如此强烈而真实。

而我和前任的爱情，最令我印象深刻的瞬间，相比起来则更加平凡。

还记得那年和她一起去香格里拉，我忘记带自己的电动剃须刀，几天后已经是胡子拉碴。她告诉我酒店有刮胡子的刀片，我说我从没试过，她主动提出要帮我刮。

于是我躺在那里，有些紧张地问她会不会刮破。她反问我："你相信我吗？"我笑着说："要死也要死在你的手里。"随后她拿着锋利的刀片游走在我的咽喉附近，这是一种奇怪的感觉，伴随着刀片发出的有些瘆人的簌簌的声响，我望着她专注的表情，发觉自己竟是如此深爱着她。

或许这正是爱情的另一张面孔，危险中浸透着踏实与安全感。正如动物会把脆弱的肚皮暴露给自己信赖的人一般，当我把自己的喉咙对着她手里的锋利刀刃时，我明白只有爱情可以让我这般毫无保留而又无所顾忌。

刮完后她给了我一个吻，这个吻超越了我们曾一起做过的一切浪漫的事，也抹消了时间带来的一切改变。虽然后来我们的分手并不那么愉快，我甚至一度恨过她，可在一年多之后的某一天，当我在深夜里想起这个吻，忽然发现自己已经不再恨了，她变成了我生命中的另一个永远不可能再重现的、关于爱情的符号。

我想，也许每个人都无法在爱情发生时真正读懂这一段爱情吧。那个人出现，扬起尘埃，便迷住了你的眼，当尘埃落定后，你才看清了那些遗留下来的真正的形状。

所以不要再问我什么是爱情了，爱是炙热的欲求，是凌厉的痛觉，是下着雨的冰冷的水泥马路，也是每一个有关离分恐惧与渴望的残梦。它可能是任何一个样子，它也可能从来就不曾存在，只是诗人臆造的月亮、旅人杜撰的归乡、每一个孤独的人自我麻痹的妄想。

因此当有人再次问我，是爱情发生了吗？我会说，我不知道，我只是还没有失去它。

这世界最难的就是站在对方的角度

我发现如今有许多人慢慢开始对亲密关系有所抗拒。

身边很多优秀的单身朋友给我的反馈一般都是如此：日常生活中并不排斥认识新的人，与人接触了解，并产生好感，但两个人的关系发展到一定的程度，觉得快要达到亲密的阈值，身体里的"警报器"就开始嗡嗡作响，让人很想立马逃之夭夭。

他们说，不是自己不负责，而是觉得恋爱真的很麻烦，毕竟不是没谈过，也不乏刻骨铭心，自己内心深处一直知道，一段亲密关系的甜蜜期是很短的，这种甜蜜往往依靠新鲜感建立，却渐渐消退在磨合的过程中。一旦把感情真正投入进去，便再难脱身，从此便每日深陷在这种情绪的起伏与牵绊之中，因为一些鸡毛蒜皮的琐事吵架怄气，不仅扰乱了生活作息，还失去了自我。

因此何苦在两个人的世界里互相折磨，而不过一个人的自由生活呢？

我不是什么情感专家，只是有过恋爱经历，又喜欢自我反思，所以对类似的问题有着些许粗浅的见解。

我认为亲密关系之所以容易让人感到不快乐与压力，归根结底源于每个人与生俱来的不安全感与自我保护。

当我们还年少懵懂时，我们都认为恋爱是一件容易的事情，只需要你喜欢我我喜欢你就够了。随着不断长大，两个人真正相处起来发现会遇到太多的问题，因为人与人之间本来就是差异的个体，即使再合适的两个人，也会遇到许多矛盾点。更不用说共情能力差的人，完全不会站在对方的角度上去思考问题。

你可能会以为亲密关系中容易产生矛盾的点，都是些原则性问题，比如欺骗、出轨之类的，实际上大多数都是很难区分对错的小事。双方往往因为太过自我的想法与缺乏安全感才产生争吵。

我举一个发生在我朋友身上的真实例子。大学时候，他谈过一个女朋友。他们俩有一次吵架是因为她去跑马拉松。两人一开始达成的共识是：他肯定不可能陪着她跑，她这全程下来得好几个小时，他可以先忙自己的事情，等她快到的时候他提前去终点接她。

然而当他忙完自己的事情之后，发现手机里有好几个未接电话，到终点接到她以后她非常生气，说他居然手机开静音。她在跑的过程中因为太累了，几次哭着想给他打电话听他的声音都没人接，而且万一她半途中出了什么事都没法联系到他，对她太不上心了。

他心想哪有这种道理，他完全没想到居然有人在跑马拉松的过程中还能有力气给别人打电话。他已经提前到终点来接她了，结果劈头盖脸被一顿骂，也太委屈了吧。

当然最后他也只能默默怄气，毕竟人家刚跑完马拉松，他还得一边挨着骂一边把她背回宿舍去。这件事情他俩后来争论了很久，一直也没个结果。

这件事很鲜明地表现出了男女之间的差异：女生感性，却往往不认理；男生理性，却往往忘了情。

站在她的角度上说，她在脆弱的时候第一个想到的是他，却无法联系到他，肯定是很失落的，她会觉得自己爱的人竟然不是紧急关头可以信赖的人。

站在他的角度上说，他俩事先商量好的，可以先忙自己的事情，他又不是忘了时间或者故意把手机调成静音了，他觉得她因为这件小事生这么大气，还上升到这种高度有点太自私了。

所以当大家都站在自己的感受与立场去考虑问题时，矛盾就出现了。由于两人当时在感情中还处于比较幼稚的阶段，他们最终选择的解决方式就是赌气、冷战，最后看似时间长了都过去了，过段时间还是会因为别的问题又把这件事拿出来争论，使之成了彼此的一个心结。

在亲密关系中发生矛盾是不可避免的，这是两个人的关系从建立到走向稳定必经的阵痛。合理解决的一个前提条件，一定是两个人都有着比较成熟的心态与平等坦诚对话的意愿。

首先，我非常不推荐在亲密关系中，用冷战的方式解决问题。冷战是一种最幼稚的心理博弈，彼此抱着一种"好，我倒要看看谁先憋不住去找对方服软道歉"的心态，还要假装自己一点也不在乎。这个过程可能会持续很长时间，对感情的消耗是巨大的，因为在这段彼此都没有信息互换的时间里，容易滋生很多负面想法，让你越想越消极，而且在冷战期间，你肯定没法专心去做自己的事情，极其容易影响工作生活。

其次，我也不推荐用"哄"的方式去解决所有问题。很多人可能会说，女孩子生气哄哄就好了。的确，很多无关痛痒的拌嘴是可以这么解决，但在一些大争吵中，我始终认为"哄"是最敷衍的解决方式，长此以往会带来巨大的副作用。例如，女方觉得男方和某个女同事关系过密，男的哄"放心我只爱你一个人"，这问题解决了吗？没有，女同事还是天天能见到。解决问题的方法至少是应该坐下来谈谈今后要怎么做让对方放心吧。

最后，就是无论在什么情况下，不要在争吵中拿"分手"作为筹码要挟对方，这也是判断一个人心态成熟与否的原则性问题。同时也绝不能在社交平台（朋友圈、微博等）发一些明知道很快就会删掉的东西，更不能拉黑对方的微信，然后在短信里接着吵，这些都是两个人在确定关系时必须约法三章说好的。如果不能做到以上这些，我觉得你宁可别谈恋爱，不然累的是你自己。

另外，如果对方有暴力倾向、自我毁灭倾向、打砸贵重物品倾向，建议尽早分手保平安，不要抱着"他可能是会变的"这种心态。亲密关系中我们做的最多的一件事，从来都不是改变对方，而是改变自己，如果发现确实不合适，学会及时止损是大智慧。

给大家一些具体建议吧。

假如今天你和女朋友（男朋友）吵架了，无论是当面还是在电话里，最终剑拔弩张要爆发了，那你接下来要做这么几件事情。

首先，不要用语言文字或者其他方式继续较劲，学会说"停，先到此为止"，然后给彼此半个小时到一个小时的时间冷静下来，把多余的负面情绪清除。

　　然后好好想想今天的争吵是因何而起，是谁让谁不开心，不开心的原因是什么，把思路理清楚，站在对方的角度考虑对方不爽的点在哪里。

　　随后给对方打电话，千万不要拖太久，更不能拖过夜。如果觉得不好意思也可以发信息。如果之前争吵时说了什么重话，一定要先道歉，随后把之前想清楚的点坦诚而清晰地表达出来，先说你自己的想法，再询问对方的想法，把问题聊透，商议一个共同的解决方案。

　　如果能达成共识，那这个问题就解决了，彼此商定这事情翻篇了，以后谁都不要再提及；如果没能达成共识，那么彼此要做妥协和让步，你能说服对方还是对方能说服你，那就要看彼此的功力了。无论结果如何，要给对方台阶下，记得保护对方的自尊心，并给予对方足够的安全感。

　　总之学会表达自己，依靠沟通达成诉求，而不是情绪化地解决问题，这是情商高的表现，也是成熟的标志。这些不仅能帮助你解决亲密关系中的磨合问题，还能在生活中的其他方面给你带来巨大的帮助。

　　虽说感情从来都不是一件容易的事，但努力成为一个能够成熟应对亲密关系的人，会让感情走得更舒适也更长久。当然，这需要时间的历练，也需要自我的学习。

可惜人生没有那么多假如

我对"先来后到"的理解，用我曾经听过的一句话来概括就是：感情中的出场顺序很重要。

我常对朋友说，一段好的感情，从来都是天时地利人和的产物，而且"人和"，也就是所谓的两个人是不是"合适"，其实真的没有想象中那么重要，也很难准确定义，因此往往起不了多少关键性的作用，毕竟大部分感情都是被"不逢时"给打败的。

当我回首前尘往事，总能想起那一段感情。那时候我刚上大一，从没谈过恋爱的我遇到了我的初恋。她是那种特别靠谱也特别上进的女生，每天泡图书馆，只有周末才有时间和我见面，在大多数女孩都追娱乐明星的时候，她的偶像是俞敏洪。

她对任何事情都有着自己清晰的规划，因此在一起后不久，她就开始对我有各种要求与期待，甚至想到毕业以后要在哪里生活这种非常现实的问题。

对当时的我而言，她的这种"靠谱"真的是一件让人异常恐慌的事情。试想一个之前连女生手都没碰过的少年，刚谈恋爱没几个月，甚至都没太搞懂怎么和女朋友相处，怎么去经营一段亲密关系？平时我的玩心还挺重的，让我去思考稳定上进真的是太奢侈的一件事情，从心理和状态上都没有做好这种准备。

记得当时每天走在去教学楼的路上，我都要仰天长叹："难道我真的要和她结婚吗？"

于是差不多一年后我们就和平地分手了，在这段关系里我没有感受到太多的甜蜜，更多的是一种压力与恐惧，所以我理所当然地以为是两个人不太合适。

当很多年过去后，在我终于经历了许多挫折与波折，想要寻求一份稳定的感情时，我遇到的女孩子却大多没有我初恋女友这么"靠谱"了，我这才忽然明白人生的出场顺序是多么重要：假如我在十年后的今天遇到一个像我初恋女友这样的女孩，那必然是一段非常好的感情。因为我已经成长了，不再像当年那样幼稚且浮躁了，从心态上也做好了长期稳定的准备。可惜我遇到她的时机不对，当时的我还配不上她的好。

只可惜人生没有那么多假如，我倒没有为此感到有多遗憾，只是感慨感情有时候就是如此"不逢时"。也许你遇到一个真的很合适的人，可那时的你，状态不对，不够成熟，或者不在同一个地方，有别的人生规划，等等，都会使得这一段感情最后无疾而终。

人是很复杂的动物，也是一直在变化着的。不同的人生阶段，在经历了不同的人与事后，每个人会产生巨大差异，因此"先来后到"会有很大影响。最让人绝望的无非就是，你在还不成熟的时候遇到一个非常好的人，没有珍惜，也没有能力去抓住，你的深情最终被另一个后来的并不成熟的人所辜负。

而我的初恋女友，在和我分手之后不久就找了个男朋友，现在两个人已经结婚很多年了。至于她去哪儿工作，那必然是去了新东方当老师，可见她的规划力和执行力有多强，一直都知道自己想要的是什么。我和她后来偶尔还联系过，说起当年的事情，两个人谈笑间会有几分唏嘘，但早就已经不在意了。

或许对她而言，也正是因为我先出场，才让她拥有了后来那段感情。如果那个男孩是她的初恋，也许结局又是另一个故事了吧。

"薛定谔的情人"

晚上躺在床上的时候，脑子总是会像摁了冲水按钮的马桶一样呼噜噜转个飞快，最后回忆冲进了下水道，一切又陷入了虚无混沌，无限期地等待着下一个人在里面溅起涟漪。

我向来不喜欢跟人搞暧昧，因为搞暧昧是一件非常低效率的事情，就像淘宝上拍了东西付了钱等快递的这段时间一样。你对某样东西有好感，想要得到它，你也已经为它付出了很多，可它对你处于一个无责任的零回报状态，你没有实现占有权，当然也不可能有使用权，着实令人着急。

更可悲的是，至少淘宝只要是你付了钱，货基本就能到手，但是感情这玩意儿貌似并没有诚信评估，它似乎一直在路上，你却从来不知道它到了什么地方。也许明天就到货，这当然是件值得开心的事情；也许人家根本没打算发货，那你就等着血本无归吧。

后来我渐渐明白一个道理，只要是需要用星座、血型去匹配，用塔罗牌、生辰八字去算，甚至用名字的笔画、字数去加减乘除得24点的姻缘，都必定是无果的暧昧，因为你根本就不知道对方的想法是什么。

一个很好的朋友说他曾经喜欢一个女孩，初次相识是在学校的湖边。那夜月黑风高，周围寂寥无人，他身为一个不谙世事、未见风尘的男孩，坐在草地上，也难免"两股战战，几欲先走"。霎时间，天空霞光万丈，祥云四起，一个女孩从西边腾云驾雾而来，长发飘飘，长裙落落，肤若凝脂，眉如月牙，嘴若樱桃，面如桃花，惊为天人！更要命的是，她竟然主动过来对他说："同学，你的电话是多少？"

他对我说，被搭讪这种事情其实常有，不过一般都是身长九尺、髯长二尺、丹凤眼、卧蚕眉、面如重枣、唇若涂脂、使青龙偃月刀的，甚至是燕颔虎须、豹头环眼、声若巨雷、势如奔马、手提丈八蛇矛的女孩。这次凭空送来了个貂蝉级别的，他觉得这里面肯定有诈，感觉自己既然不是吕布，八成要步董卓的后尘。

大大出乎他意料的是，这个女孩此后天天来找他，一起吃饭一起聊天一起唱歌，交谈甚欢，甚至让他骑车载着她回宿舍。

不过糟糕也就糟糕在这样的一种关系上，他当时已有幻想，也曾试探，但是对方深得兵法之精髓，按兵不动，见招拆招，持一羽扇坐于城楼之上，城中为何物他一概不知，也不敢轻举妄动。两人关系就此停滞不前，日日相见，却每每只以挥手作别，正可谓问君能有几多愁，长使英雄泪满襟！

结果两个月后，他举白旗投降，拔寨班师，两人终于从伪情人成为真朋友，也算是可喜可贺，至少算是"确定关系"了，对吧？时人有诗赞曰："谈笑间，樯橹灰飞烟灭。"

他说，没有人能说他是一个怂人，他只是看得清局势，又不喜欢下险棋。

总之搞暧昧是一门博大精深的学问，也是一种虚无的自我满足过程，短暂地填补了精神上的空白，最终都要来到天堂和地狱之间的十字路口。

想象一下，一个女孩的心就是一个小盒子，里面的你究竟是被喜欢的还是不被喜欢的处在一种叠加的状态中。只有当我们打开盒子看，事情才能有最终定论：要么你们可以在一起，那是天堂；要么你们压根没戏，就成了地狱。问题是，当我们没有打开盒子之前，也就是我们还在搞暧昧的时候，你根本不知道人家心里到底在想什么，于是这个时候的你，就像是在希望的火苗前跳舞，感受火的温暖的同时，也有可能被火烧死。

关于"薛定谔的情人"这个命题，要不要打开盒子看一眼，这是一个问题。

数据无法衡量爱情

在刷微博、抖音或者 B 站的时候，我觉得大数据是个了不起的东西，因为它能根据你浏览过的东西来推荐类似的信息。你使用的时间越长、频率越高，推送就越精准，让你几乎无法停下来。

所以我脑海里忽然蹦出一个奇怪的想法：是不是未来人类再也不需要努力寻找爱情了？两个人通过大数据相互匹配，是不是不用相处就可以直接恋爱甚至结婚了？

现在出现了一些交友软件，最简单的可能就是看照片左右滑的那种，不过照片的真实程度就没人敢保证了。还有一些交友软件的匹配机制是以兴趣导向为基础，比如两个人都喜欢音乐或者电影。这种方式匹配效率很高，但是性格、长相等各方面都是未知数，有可能会导致聊了很久才发现对方其实根本不是想象中的那个样子，沟通的时间成本自然而然就变得很高了。

　　未来会不会有这样一款软件，你能上传自己的一切信息到一个大数据库中，当用户足够多、数据足够详细的时候，它能自动帮你寻找到非常完美的爱人？

　　也许这个数据库会分为两个部分：一部分存储你的个人信息，比如你的身高、体重、年龄、工作、喜好等；另一部分存储你对另一半的要求，比如希望对方多高多重，不喜欢对方抽烟喝酒等。

　　当数据渐渐完善后，你无须做任何事情，数据库会自动帮你搜索与匹配。速度取决于你提供信息的完善程度与提出要求的苛刻程度。你的要求越多，匹配时间就会越长，比如你要求对方身高一定要一米八，还要求体重刚好是75公斤，这样肯定比给一个要求区间的匹配难度大。而且匹配是双向的，如果对方刚好符合你提出的要求，但你的条件不符合对方的要求，你们也无法匹配成功。

　　举个例子，某男生上传信息——自己身高一米七五，是个程序员，希望对方身高能达到一米六以上，有稳定工作，喜欢吃榴莲，爱玩游戏，那么他可能会匹配到一个身高一米六五，在银行工作，爱吃榴莲、爱玩游戏的女孩。但这会产生一个问题，就是信息量比较少，万一男生睡觉总是磨牙，女生谈过十个男朋友，两个人却都没提及，也没想到对方身上有自己不能接受的这些问题，当他们最终见面甚至相处很长时间后，很可能会产生矛盾，最后他们大概率会回到这款软件上，把这些新的条件加上去。

可是睡觉磨牙这种事情，很多人自己根本就不知道，也不会往上写，每次匹配时系统都会默认它不存在。因此这个软件更新后应该会加入一个功能，就是标记必须补充回答的问题。比如匹配成功后，对方会收到通知，要求回答"睡觉是否磨牙"这个问题，如果对方选择"不知道"或者"拒绝回答"，那匹配就会失败。

所以，这款软件的缺点是效率非常低，当你上传了足够多的信息后，它极有可能会花几个月甚至一两年时间去寻找你的完美恋人，优点是匹配成功后不需要花费太多时间，因为前期添加了足够多的信息，并且极其精准。匹配成功后你不必问对方任何问题，而且你能确定对方基本上会喜欢并接受你，用匹配的时间代替了互相了解的时间。

这个软件还有一个极大的优点，就是一些难以启齿却非常重要，可能相处久了才会暴露出来的问题，都能在这个软件上一览无余，解决了两个人的后顾之忧。

正当我为这个"了不起"的想法沾沾自喜的时候，却立马意识到它的危险性。首先是使用者，尤其深度用户的个人隐私将完全不存在，假设它的数据库被保护得很好，不会被挪为他用，但因为你所匹配的对象会对你了如指掌。你如何保证自己的信息不会被泄露？

其次就是它无法识破谎言。比如你是一个男生，匹配了半年之久，对方强制要求你回答"你是否家暴"这个问题，你完全可以信誓旦旦地说你没有，但在一起后才暴露自己的本性。如果是更加不单纯的人，所有的信息都是假的，只是有目的地获取你的完全信任，那岂不成了犯罪的温床？除非未来科技足够发达，所有问题的回答都能通过测谎仪测试出来，以保证百分之百真实。

最后，也是最重要的一点，我开始思考爱情的本质是什么。即使这款软件被开发到极度完美的地步，能够保证所有用户足够真诚，信息也提供得足够完善，从大数据上看，匹配成功的两个人简直就是完美的一对，但这真的就意味着两个人能走到最后吗？或许爱情在某种意义上根本就不是喜恶的吻合，一味地要求对方符合自己的想象和要求。好的爱情往往是需要磨合的，需要做出一点妥协，慢慢自我完善，最终达到两个人共同成长的状态，找到一个适合两个人的相处模式。

这款软件一旦真的出现，可能还会让人的要求变得越来越多，选择变得越来越难。试想一下，或许你本来并不是那么在意睡觉磨牙这个问题，但一想到在茫茫人海中也许有个完全符合你的要求，且睡觉并不磨牙的人，精益求精的你会把这一条要求上传到数据库里，然后继续匹配，只为找到那个"完美恋人"。如果这种要解决的小问题不断出现呢？你是否会因为自己总有选择的权利与余地，而终其一生不断提高自己的要求？

人是很复杂的动物，很多时候我们甚至无法知道自己真正想要的是什么，人的包容度、底线甚至思维方式是会随着年龄的增长不断变化的。爱情真的不是仅仅局限于"条件的匹配"这么简单，而且一些所谓的兴趣爱好，并不能作为是否合适的理由，如果你遇到一个和你并没有太多共同嗜好的人，或许反而能让你体验到另一种不同的人生精彩。

　　总而言之，我很害怕这真的会是未来的趋势。当我们的科技发展到一定的阶段，人类的所有喜恶与情感都能被量化与创造的时候，我们是否真的会失去自我，变成被大数据与机器操控的人偶呢？

图书在版编目（CIP）数据

一个人就足够 / 陈谌著. —— 北京 : 北京联合出版公司, 2021.3

ISBN 978-7-5596-5063-4

Ⅰ.①—… Ⅱ.①陈… Ⅲ.①随笔 – 作品集 – 中国 – 当代 Ⅳ.①I267.1

中国版本图书馆CIP数据核字(2021)第030328号

一个人就足够

作　　者：陈　谌
出 品 人：赵红仕
责任编辑：孙志文
封面设计：胡靳一

北京联合出版公司出版
（北京市西城区德外大街83号楼9层　100088）
北京时代华语国际传媒股份有限公司发行
北京中科印刷有限公司　新华书店经销
字数150千字　880毫米×1230毫米　1/32　7印张
2021年3月第1版　2021年3月第1次印刷
ISBN 978-7-5596-5063-4
定价：45.00元